Roger Strub

Flüchtiges Geld

Roger Strub

Flüchtiges Geld

Genehmigte Sonderausgabe für EDITION NOVA GmbH,
Hohenstaufenring 17, 50674 Köln

Umschlaggestaltung: Wildes Blut, Atelier für Gestaltung
Stephanie Weischer

Printed in Germany

Erster Teil

Stuttgart, 19. 03. 2009

Denis Tobler, ein Notar aus Zürich, betrat kurz vor 11 Uhr den Ostflügel des Neuen Schlosses im Zentrum der Landeshauptstadt Stuttgart. Hier befand sich das Ministerium für Finanzen des Landes Baden-Württemberg. Tobler hatte einen Termin mit einem hohen Beamten der Steuerbehörde. Er wurde von einem Mann in schwarzem Anzug und einem Knopf im Ohr in ein kleines Sitzungszimmer im ersten Geschoss gebracht. Der Mann ließ ihn allein. Tobler musste nur kurz warten. Ein anderer Mann betrat den Raum, stellte sich als „Meyer" vor und platzierte seinen Laptop auf den Tisch. Dann schaute er Tobler fragend an. Dieser übergab ihm eine CD, die Herr Meyer in das Laufwerk seines Computers legte. Dann startete er die CD und studierte schweigend fast zehn Minuten die Listen, die Namen, Adressen, Kontonummern und Kontobestände von deutschen Staatsbürgern aus dem Bundesland Baden-Württemberg zeigten, die ihr Geld bei einem der größten Schweizer Finanzinstitute angelegt und so am deutschen Fiskus vorbei geschleust hatten. Herr Meyer nickte Tobler zu. Ein kaum wahrnehmbares Lächeln umspielte seine Mundwinkel. Er stand auf, nahm den Laptop und verließ den Raum. Kurz darauf kam er mit einem Köfferchen zurück. Er legte es auf den Tisch und ließ die Schlösser aufschnappen. Das Geld war gebündelt in 500, 200 und 100 Euroscheine. Tobler zählte nach. Er nahm sich Zeit und versuchte krampfhaft, sich nach außen hin die Erregung nicht anmerken zu lassen, die ihn ergriffen hatte. Es waren wie vereinbart genau 1.400.000 Euro. Tobler lächelte und nickte Meyer zu. Er unterzeichnete die Quittung und packte das Geld in sein eigenes Köfferchen. Dann stand er auf, reichte Meyer die Hand und sagte lächelnd: „Das wird meinen Klienten freuen. Ich danke Ihnen für Ihre Kooperation."

Meyer verzog keine Miene und fragte stattdessen: „Und was springt für Sie dabei heraus?"

„Das werden wir wissen, wenn ich das Geld abgeliefert habe", antwortete Tobler ungerührt. „Ich verrechne meinen Aufwand in Stunden."

Draußen im Korridor erwartete ihn wieder der Mann mit dem Knopf im Ohr und begleitete ihn bis zum Ausgang. Als Tobler auf dem großen Platz vor dem Schloss stand, schaute er kurz zum blauen Himmel hinauf und sagte: „Danke Alter". Dann ging er zügigen Schrittes durch den Schlossgarten zurück zum Hauptbahnhof.

Biel, Montag, 23. August 2010, 09.00 Uhr

Lena Bellmann nahm den Zettel zur Hand, den Eleni ihr hingelegt hatte. Richtig, sie hatten am letzten Freitag darüber gesprochen. Lena sollte diese Frau Stocker anrufen. Sie wählte die Nummer und wartete. Frau Stocker meldete sich nach nur dreimal Klingeln. „Hier spricht Lena Bellmann von der Lenaria GmbH. Sie wollten mich letzte Woche anrufen wegen Ihres Mannes, der seit fast zwei Jahren verschwunden ist", sagte Lena.

„Genau. Ich danke für Ihren Rückruf. Ich bin nämlich überzeugt, dass mein Mann noch lebt. Ich wollte Sie damit beauftragen, ihn zu finden", antwortete Frau Stocker hörbar erregt.

„Das ist sehr nett von Ihnen, dass Sie dabei an uns denken. Darf ich Sie einladen, bei uns vorbei zu schauen und mir Ihre Geschichte von Anfang an zu erzählen? Dabei würden wir uns auch persönlich kennen lernen und gemeinsam die nächsten Schritte planen können. Schließlich müssten wir uns auch noch über den Aufwand und den Preis unterhalten. Ein solcher Auftrag kann sehr teuer werden. Wann hätten Sie denn Zeit und wo darf ich Sie abholen, Frau Stocker?"

„Oh, ich kann jetzt gleich zu Ihnen kommen. Sie brauchen mich nicht abzuholen. Ich wohne nur wenige Straßen von Ihnen entfernt."

„Okay, sehr gut, dann erwarte ich Sie in einer halben Stunde", antwortete Lena und legte auf. Sie hatte also noch einige Minuten Zeit, die Unordnung im

Büro aufzuräumen. Der Stress der letzten Wochen mit dem Fall der toten Jungen in Biel hatte sie so in Beschlag genommen, dass sie alles hatte stehen und liegen lassen. Sie fragte Eleni im Nebenzimmer: „Ist das Besprechungszimmer aufgeräumt? Kann ich da in einer halben Stunde mit Frau Stocker rein?“

„Aber klar doch“, antwortete Eleni. „Ich habe sogar einen frischen Blumenstrauß dort hingestellt. Er wurde heute Morgen abgegeben. Er ist von deinen ehemaligen Kollegen aus Bern. ‚Ein kleines Dankeschön für deine wertvolle Unterstützung bei der Lösung der Serienmorde von Biel‘, stand auf der Karte“, berichtete Eleni. „Alle – sogar Polizeichef Minder – haben unterschrieben.“

„Ach, wie schön“, meinte Lena gerührt. „Das hätte ich denen jetzt wirklich nicht zugetraut.“

Kurz danach saß sie mit Frau Stocker im kleinen Besprechungsraum. Frau Stocker war etwas älter als Lena selber, vielleicht Anfang fünfzig, hatte dunkle Haare, war schick gekleidet und insgesamt eine attraktive Erscheinung. Sie hatte eine warme, dunkle Stimme, mit der sie Lena ihre Geschichte erzählte: „Mein Mann, oder ich muss richtigerweise sagen, mein Exmann, ist seit dem 22. März 2009 spurlos verschwunden. Die Berner Polizei geht von Suizid aus, weil Roberts Auto an der Aare in Innertkirchen im Berner Oberland gefunden worden war. Auf dem Beifahrersitz hatte ein Abschiedsbrief gelegen. Seine Leiche aber wurde nie gefunden.“

Lena unterbrach Frau Stocker: „Und wie erklärt sich die Polizei dies?“

„Die Polizei meinte, dass die Leiche wohl nie gefunden wurde, weil sie entweder in der Aareschlucht zerschmettert und zwischen Felsblöcken eingekeilt worden sei oder auf dem Grund des Brienzersees ihre Ruhe gefunden habe“, erklärte Frau Stocker. „Es sei nach seinem Verschwinden weder Geld von seinem Konto abgehoben noch seine Kreditkarte benutzt worden. Robert war ziemlich am Ende, nachdem er seinen Job bei der Bank in Zürich verloren hatte.“

„Warum wurde ihm denn gekündigt?“, wollte Lena wissen.

„Das weiß ich nicht so genau“, antwortete Frau Stocker. „Aber ich vermute, er hat durch überhöhte Anlagerisiken mit Geld seiner Kunden große Verluste gemacht und wurde deshalb gefeuert.“

„Dann hat er also möglicherweise Feinde. Leute, die durch seine Spekulationen ihr Geld verloren haben und ihn dafür bezahlen lassen wollten“, meinte Lena.

„Sie denken, er könnte ermordet worden sein?“, fragte Frau Stocker erschrocken.

„Wir können das zumindest nicht ausschließen“, antwortete Lena. „Hat denn die Polizei das nicht auch in Betracht gezogen?“

„Nein, gemäß ihren Erkenntnissen deuteten alle Indizien und Spuren auf Selbstmord hin.“

„Hatte Ihr Exmann eine neue Partnerin?“

„Nicht, soweit ich weiß“, antwortete sie. „Aber ausschließen kann ich es nicht. Sie müssen wissen, er hatte immer viele Frauen, auch während unserer Ehe. Robert hielt nichts von Monogamie."

„Und warum zweifeln Sie denn daran, dass ihr Exmann tot sein könnte?"

„Weil es ganz und gar nicht seine Art ist sich umzubringen", antwortete Frau Stocker voller Überzeugung. „Robert war einige Tage zuvor bei uns zum Abendessen. Er wirkte weder bedrückt noch war er anders als sonst. Er war immer ein oberflächlicher Mensch. Das hat auch zum Bruch zwischen uns geführt. Aber wir kamen soweit miteinander klar. Er hat seine Alimente pünktlich überwiesen und hat uns regelmäßig besucht. Die Jungs können das einfach nicht akzeptieren, dass er tot sein soll. Sie wollen wenigstens Klarheit. Er war ihr Vater. Und ich möchte das auch. Bitte finden Sie meinen Exmann, tot oder lebendig. Ich persönlich bin überzeugt, dass Sie ihn lebend finden werden."

„Das kann aber eine langwierige Suche werden – mit ungewissem Ausgang", versuchte Lena die Hoffnungen zu dämpfen. „Wenn die Polizei richtig liegt, dann werde auch ich Ihnen Ihren Exmann nicht wiederbringen können. Falls er ermordet wurde, können wir versuchen, entsprechende Hinweise und Spuren zu finden und auszuwerten. Wenn er untergetaucht ist, um ein neues Leben anzufangen, dann werden wir ihn früher oder später aufspüren, davon bin ich überzeugt. Aber das wird in jedem Fall teuer werden."

„Ich erteile Ihnen den Auftrag. Koste es, was es wolle", entgegnete die Frau. „Im schlimmsten Fall verkaufe ich das Haus."

Zürich, 19. 03. 2009

Denis Tobler hatte vom Flughafen aus die S-Bahn in die Zürcher City genommen. Am Hauptbahnhof stieg er aus und verließ den Tiefbahnhof Museumsstrasse über die Rolltreppe. Zielstrebig durchschritt er mit seinem Aktenkoffer die gigantische Halle und überquerte den Platz davor. Am Anfang der Bahnhofstrasse löste er am Automaten eine Fahrkarte für eine Kurzstrecke mit der Straßenbahn. Unruhig ging er auf und ab, den Blick auf den Boden gesenkt und wartete, bis die nächste Straßenbahn quietschend in die Einkaufsallee einbog. Er stieg vorne ein. Nur kurz kreuzte sich beim Einsteigen sein Blick mit dem der Tramführerin. Denis Tobler erkannte sie. Sie war mit ihm zur Schule gegangen und hieß Mary. So wurde sie jedenfalls genannt. Ob das auch ihr richtiger Name war, daran erinnerte sich Tobler nicht. Sie hatte ihn auch erkannt. Das hatte er am Aufblitzen ihrer Augen sehen können. Aber er reagierte nicht und kämpfte sich durch die dicht gedrängt stehenden Fahrgäste nach hinten, damit Mary nicht etwa auf die Idee kam aus ihrer Kabine zu kommen. Aber das war wahrscheinlich sowieso nicht erlaubt. Erleichtert stellte er fest, dass die Straßenbahn sich in Richtung Paradeplatz in Bewegung setzte. Im Moment konnte er überhaupt keine Aufmerksamkeit gebrauchen. Er klemmte den Aktenkoffer unter den linken Arm und drückte ihn mit dem Ellbogen an seinen Körper. Mit der rechten Hand hielt er sich an einer Stange fest. Am Paradeplatz stieg er aus und ging schnurstracks in die Bank, deren Eingang direkt an der Haltestelle lag. Denis Tobler wechselte am Schalter 15.000 Euro in Schweizer Franken und zahlte 19.000 davon auf sein Firmenkonto ein. Niemand fragte ihn nach der Herkunft des Geldes. Die Grenze für Bareinlagen ohne unangenehme Fragen lag bei 20.000 Franken. Das wusste er genau. Die vielen Bündel in seinem Köfferchen deponierte er anschließend in sein persönliches Fach im Tresorraum.

Biel, Mittwoch, 25. August 2010, 08.50 Uhr

Lena hatte Montag und Dienstag mehrmals versucht, ihre ehemaligen Kollegen in Bern zu erreichen. Aber die waren alle mit einem Fall beschäftigt, der ihre volle Aufmerksamkeit verlangte. Am Mittwochmorgen hatte es dann endlich geklappt.

„Guten Morgen“, begrüßte Lena Andreas Martinez, der vor zwei Jahren ihren Job übernommen hatte. „Danke für den schönen Blumenstrauß. Das war wirklich lieb von euch.“

„Keine Ursache, du hast uns sehr geholfen“, antwortete Martinez.

Andreas war Arianes Mann. Lena und er hatten in den letzten Monaten einige Probleme miteinander gehabt, die nicht zuletzt daherrührten, dass Ariane jetzt bei Lena arbeitete, die ihre Polizeikarriere einfach hingeschmissen und das Team hatte sitzen lassen. So sah es zumindest Andreas. Erst die Zusammenarbeit bei der Lösung der Serienmorde an ausländischen Jugendlichen in Biel hatte den Graben zwischen ihnen gekittet.

„Ihr seid offenbar voll im Stress“, sagte Lena. „Ich versuche seit zwei Tagen, einen von euch an die Strippe zu kriegen.“

„Ja, ich habe deine Anrufe ignoriert. Bitte entschuldige“, antwortete er. „Aber wir haben ein ganz übles Familiendrama zu klären. Alle sind rund um die Uhr damit beschäftigt. Wir könnten dich gut gebrauchen.“

Schon wieder die alte Leier. Lena ignorierte die Bemerkung und brachte ihr Anliegen vor: „Ich rufe wegen eines ganz anderen Falles an. Am 22. März 2009 ist ein Robert Stocker spurlos verschwunden. Ihr habt sein Auto in Innertkirchen gefunden. Auf dem Nebensitz lag ein Abschiedsbrief. Ihr seid also von Selbstmord ausgegangen."

„Ja, ich erinnere mich", sagte er. „Der Banker, der in Zürich gearbeitet hatte. Und warum interessiert der dich nach so langer Zeit?"

„Seine Frau ist davon überzeugt, dass er noch lebt. Ich soll ihn suchen."

„Ich habe mir fast gedacht, dass sie dahinter steckt. Sie will es einfach nicht wahrhaben, dass er sich umgebracht hat", seufzte Martinez.

„Aber seine Leiche wurde tatsächlich nie gefunden", warf Lena ein. „Wie ist das zu erklären?"

„Lena, dieser Mann wurde von den Wassermassen durch die Aareschlucht geschleudert. Wenn er nicht zermalmt, zerrissen oder eingeklemmt wurde, dann wurden ihm sämtliche Knochen mehrmals gebrochen. Was von ihm allenfalls übrig geblieben ist, wurde in den Brienzersee gespült und ist dort auf den Grund gesunken. Was denkst du, wie viele Leichen dort unten liegen?" Martinez hatte es eindringlich, aber ruhig gesagt.

„Die Wahrscheinlichkeit, dass sein Körper oder Teile von ihm irgendwo auf dem Weg zwischen Meiringen und dem See hängengeblieben oder angespült worden sind, wäre aber doch auch groß?", entgegnete Lena vorsichtig. „Fünfzig Prozent, sechzig Prozent?"

„Wir haben alle Uferpartien der Aare Meter für Meter abgesucht. Aber bei der Wassermenge im Spätsommer ist es durchaus möglich, dass er im Brienzersee gelandet ist. Wir haben sogar im Frühjahr, als der Wasserstand sehr niedrig war, alles noch einmal abgesucht. Auch den Brienzersee. Wir haben nichts, aber auch gar nichts gefunden."

„Deshalb ist nicht ausgeschlossen, dass er noch lebt", erwiderte Lena.

„Weder seine Bankomatkarte noch seine Kreditkarte wurden nach dem 22. März verwendet. Es wurden auch keine außergewöhnlichen Transaktionen vor seinem Verschwinden festgestellt", entgegnete er.

„Vielleicht wollte er den Suizid vortäuschen und abtauchen."

„Und warum hätte er das tun sollen?", fragte Martinez.

„Von seiner Bank entlassen. Ehe und Familie ein Scherbenhaufen. Vielleicht wollte er ein neues Leben beginnen, was weiß ich!", spekulierte Lena.

„Das glaube ich nicht", sagte Martinez. „Der hat sich elegant seiner Verantwortung entzogen und es so arrangiert, dass alle blöd dastehen. Stocker macht sich im Himmel über die Verzweiflung seiner Angehörigen, seiner Frauen, seiner Arbeitskollegen und seiner Kunden lustig. So einer war das."

Lena stutzte: „Warum wurde er denn eigentlich entlassen?", fragte sie.

„Das darf ich dir nicht sagen. Damit würde ich postum seine Persönlichkeitsrechte verletzen. So ist das bei uns. Aber das weißt du ja. Da musst du schon die Bank selber fragen."

„Darf ich dich vorher treffen, damit ich mich mit den Details eurer damaligen Ermittlungen vertraut machen kann?", fragte sie. „Das ist doch drin, oder täusche ich mich?"

Er zögerte, bevor er antwortete: „Zumindest ist es nicht üblich. Aber angesichts der guten Zusammenarbeit können wir dir Einsicht gewähren. Ich verbinde dich mit Höller. Er hat die Ermittlungen damals geleitet. Du kannst direkt mit ihm einen Termin vereinbaren."

Bern, Montag, 30. August 2010, 10.00 Uhr

Lena betrat die vertrauten Räume in Bern mit gemischten Gefühlen. Höller erwartete sie schon, zusammen mit Isabel Kissling. Die Begrüßung war sehr freundschaftlich.

„Wir sehen uns ja bald mehr, als während der Zeit, als du noch bei uns warst", scherzte Höller. Sie setzten sich an einen Konferenztisch. Isabel hatte die Akte Stocker vor sich liegen und breitete nun eine ganze Reihe Dokumente auf dem Tisch aus. Lena stand auf, beugte sich über den Tisch und schaute sich die Papiere und Fotos an.

Sie fragte: „Wer hat eigentlich das Auto gefunden?"

„Das waren wir, das heißt die Streife, die in der Region unterwegs war", antwortete Höller. „Der Wagen war zur Fahndung ausgeschrieben, nachdem Stocker als vermisst galt."

„Und wer hat ihn als vermisst gemeldet?", fragte Lena weiter.

„Eigentlich niemand. Eine Touristin hatte am Eingang zur Aareschlucht seine ID gefunden und sie an der Kasse abgegeben. Die Angestellte dort hat dann auf dem Heimweg beim Polizeiposten vorbeigeschaut und sie dort abgeliefert. Der Polizist in Meiringen hatte anderntags versucht, Robert Stocker zu erreichen. Vergeblich. Dann hat er die Exfrau ausfindig gemacht und von ihr erfahren, dass sie Stocker vor rund zwei Wochen zum letzten Mal gesehen hatte. Von ihr bekam er die Nummer der Bank. Bei der Bank informierte man ihn dann darüber, dass Stocker entlassen und freigestellt worden war. Das alles hatte den Polizisten von Meiringen dann so stutzig gemacht, dass er auf dem Straßenverkehrsamt nachgefragt hatte, was Stocker für ein Auto angemeldet hatte. Diesen Wagen schrieb er dann zur Fahndung aus. Einen Tag später wurde das Auto auf einem Feldweg bei Innertkirchen gefunden, mit einem Abschiedsbrief auf dem Beifahrersitz."

„Darf ich mir diesen Brief mal ansehen?", fragte sie.

Isabel wühlte in ihrem Stapel und reichte ihr einen Plastikbeutel mit einem gefalteten Papier.

Lena nahm den Brief aus dem Beutel und las das handgeschriebene Beweisstück:

An alle, die ich enttäuscht habe:

Mein Leben ist ein Scherbenhaufen, ich habe so ziemlich alles verbockt. Deshalb möchte ich mich bei meinem Arbeitgeber, meinen Kollegen, meinen Kunden und natürlich bei meiner Frau und meinen Söhnen entschuldigen für all das, was ich ihnen früher angetan habe und was ich ihnen möglicherweise mit meinem Abschied zumute. Aber für mich ist es das Beste. Verzeiht mir. Ich liebe euch. R.S.

Lena las den Brief mehrere Male durch. Dann sagte sie: „Irgendwie klingt das nicht verzweifelt. Im Gegenteil, er ist ziemlich nüchtern."

„Er wurde uns von all seinen Bekannten genau so beschrieben. Nüchtern, kalt, berechnend", meinte Höller. „Auch die Ex hat die Zeilen als treffend für seine Art bezeichnet."

„Trotzdem. Hier soll ein Mensch kurz davor gestanden haben, sich das Leben zu nehmen, sich in die Fluten der Aare zu stürzen. Da bleibt doch keiner cool. Ich stelle mir das schrecklich vor."

Sie las die Gesprächsnotizen der Besuche bei Frau Stocker und ihren Söhnen durch. Niemand von ihnen warf Robert Stocker wirklich gravierende Versäumnisse vor. Seine Familie hatte jedoch Schwierigkeiten, mit seinen egomanischen Charakterzügen klar zu kommen. Mit seiner Frau hatte er sich nach der Scheidung offenbar arrangiert und eine Art distanzierte Freundschaft gepflegt. Auch sein Arbeitgeber hatte fast nur Gutes zu berichten. Bis auf die Tatsache, dass er in den letzten Monaten einige hundert Millionen Kundengelder an der Börse verspielt hatte. Das war es also, was Martinez ihr vorenthalten hatte. Aber eine Anzeige hatte es keine gegeben.

„Könnte er aufgrund seiner Fehlinvestitionen Feinde gehabt haben? Könnte es sich möglicherweise um ein geschickt getarntes Verbrechen handeln?", fragte Lena.

Höller schüttelte den Kopf. „Nein, nichts hat darauf hingedeutet. Es ist seine Handschrift. Es gab keine Spuren am Fundort oder im Auto selber. Wir sind der festen Überzeugung, dass es so war, wie es sich präsentiert: Suizid."

„Habt ihr ein Verbrechen ernsthaft in Betracht gezogen?", hakte Lena nach. „Habt ihr wirklich in diese Richtung ermittelt?"

„Nein, nicht wirklich", antwortete er kleinlaut. „Der

Fall war klar. Willst du uns vorwerfen, wir hätten schlampig ermittelt, Lena?"

Sie beeilte sich zu beschwichtigen: „Nein, um Himmels willen, das liegt mir fern. Ich stelle einfach Fragen, du kennst das ja."

Sie las die Berichte der Einsatztruppen, die die Aareufer abgegangen waren, die Stauwehre und Verbauungen untersucht hatten, die Tauchprotokolle aus dem Brienzersee. Es gab tatsächlich keine Anhaltspunkte, die auf ein Verbrechen hindeuteten.

„Hatte er eine Freundin?", fragte sie.

„Unseres Wissens nicht. Jedenfalls hat er in seinem Brief keine erwähnt und bei uns hat sich auch niemand gemeldet", antwortete Höller. Und Isabel ergänzte: „Auch die Familie kennt keine neue Freundin. Offenbar hat er seine wiedergewonnene Freiheit genossen."

„Wie hat es in seiner Wohnung ausgesehen?"

„Die Wohnung haben wir schon am zweiten Tag nach seinem Verschwinden untersucht und danach versiegelt", antwortete Höller.

„Nichts deutete auf Flucht hin", erklärte Isabel. „Die Wohnung war einigermaßen aufgeräumt, die Kleider lagen im Schrank, zwei Reisekoffer auf dem Dachboden."

Und Höller beeilte sich zu ergänzen: „Er hatte auch keinen Besuch an seinem letzten Tag. Ein einziger Frühstücksteller, ein Glas und eine Tasse befanden sich in der Spülmaschine."

„Das ist fast zu perfekt für einen Mann", entgegnete Lena. „Könnte das nicht bewusst arrangiert worden sein, um eben dieses Bild zu erwecken?“

„Lena, ich bitte dich“, sagte Höller leicht genervt. „Es handelt sich hier nicht um einen Fernseh-Krimi.“

Lena ignorierte die Bemerkung. „Wie ging's weiter?“, fragte sie. „Wenn ein Toter nicht gefunden wird, wie verhält sich das rechtlich?“

„Nach drei Monaten wurde seine Wohnung in Zürich aufgelöst und der Fall als unerledigt abgelegt. Alles Weitere liegt bei den Verwandten. Die Eltern sind tot, Geschwister hat er keine. Also hätten die Söhne eine Verschollenenerklärung beantragen müssen.“

Höller nahm ein Papier zur Hand und las vor: „Eine solche bewirkt den Erlass des Todesbeweises. Sie ist laut Zivilgesetzbuch ‚bei Verschwinden in hoher Todesgefahr‘ und ‚bei langer nachrichtenloser Abwesenheit‘ möglich. Dabei muss zusätzlich als ‚höchstwahrscheinlich‘ gelten, dass der Tod eingetreten ist. Für Angehörige, die bei Gericht ein Gesuch stellen wollen, gelten folgende Fristen: nach einjährigem Warten seit dem Zeitpunkt des Verschwindens in hoher Todesgefahr, etwa wenn der Vermisste von einer Bergtour oder Schiffsreise nicht zurückkehrt. Bei ‚langer nachrichtenloser Abwesenheit‘ sind fünf Jahre seit der letzten Nachricht abzuwarten. Eine Verschollenenerklärung löst eine Ehe auf und eröffnet das Verfahren zur Regelung des Nachlasses. Meldet sich die Person später wieder, wird die Verschollenheit wieder aus dem Zivilstandsregister gelöscht. Erben und andere Bedachte müssen für den Fall der Rückkehr des Verschollenen finanzielle Sicherheit leisten.

Ein solcher Antrag wurde von Stockers bisher nicht gestellt."

„Logisch, die gehen ja auch davon aus, dass Robert Stocker am Leben ist", bemerkte Lena.

„Wie willst du denn jetzt weiter vorgehen?", fragte Isabel. „Ich meine, es sind eineinhalb Jahre vergangen."

„Ja, ich bin mir bewusst, dass dies ein schwieriges Unterfangen wird", antwortete Lena. „Wenn Robert Stocker aber wirklich leben sollte, dann hat er mit Sicherheit auch Spuren hinterlassen. Wenn er untertauchen wollte, dann hat er sich darauf vorbereitet, eine neue Identität geplant, irgendwo finanzielle Reserven angelegt. Da werde ich ansetzen. Ich werde mit sehr vielen Leuten aus Stockers Bekanntenkreis reden müssen. Irgendetwas werde ich dabei finden."

„Und wie will Frau Stocker das bezahlen?", fragte Höller. „Ich nehme nicht an, dass du diese ganze Arbeit aus reiner Nächstenliebe machen wirst."

„Frau Stocker ist bereit, dafür ihr Haus zu verkaufen", sagte Lena.

„Dann hat sie ihn wirklich geliebt", lächelte Höller. „Frau Stocker hat nämlich ein Haus, um das sie die meisten Bieler beneiden."

„Ich war noch nie dort", lächelte Lena zurück.

„Dann musst du das unter irgendeinem Vorwand so schnell wie möglich tun."

Lena überlegte, dann bat sie, auch wenn sie wenig

Hoffnung hatte, dass ihr der Wunsch erfüllt würde: „Darf ich mir die Akte ‚Stocker' kopieren?"

Isabel und Höller schauten sich an. Er nickte kurz. Isabel nahm den Papierstapel und sagte: „Ich werde das für dich erledigen."

Biel, Montag, 30. August 2010, 13.30 Uhr

Zurück in ihrem Büro in Biel, rief Lena ihre Mitarbeiterinnen zusammen und informierte sie über den neuen Auftrag und fasste die bisherigen Kenntnisse der Polizei zum Verschwinden von Robert Stocker kurz zusammen. Dann legte sie die Dokumente aus und forderte Ariane und Eleni auf, sich einen Überblick zu verschaffen.

Bei diesem Auftrag würde sie Ariane und Eleni sehr gut einsetzen können. Es gab viele telefonische Kontaktnahmen und Recherchearbeiten zu erledigen. Darum wollte sie auch beide von Anfang an dabei haben, wenn sie die Strategie ihres Vorgehens festlegte. Drei Köpfe hatten nun mal mehr Ideen als einer. Zudem wurde das Vorgehen automatisch kritisch hinterfragt. Vielleicht sollte sie in Zukunft auch einen Mann einstellen, damit auch die männliche Art zu denken mit dabei war. Sie dachte intuitiv an Jonas Keller, den jüngsten ihrer damaligen Kollegen bei der Polizei. Aber das Geld für eine weitere Stelle hatte sie im Moment nicht, das musste erst erwirtschaftet werden. Sie standen immer noch am Anfang und kämpften mit vielen Schwierigkeiten. Lena war jetzt nicht nur Ermittlerin und Beraterin, sondern auch Unternehmerin und verantwortlich dafür, dass die Löhne ihrer Mitarbeiterinnen Ende des Monats überwiesen wurden. Das hatte sie wohl, wie sie sich eingestehen musste, ein bisschen unterschätzt. Vielleicht könnte sie Höller fragen, der ja bald pensioniert werden sollte, ob er sporadisch, bei Engpässen oder Strategiesitzungen, einspringen würde. Sie hatte seine analytischen Fähigkeiten immer geschätzt.

Inzwischen waren Ariane und Eleni so weit. Sie schauten sie erwartungsvoll an.

„Das verspricht eine spannende, aber auch aufwändige Arbeit zu werden“, meinte Ariane.

„Wo fangen wir an?“, fragte Eleni mit ihrem ungarischen Akzent.

„Genau darum geht es“, antwortete Lena. „Wir legen jetzt die Strategie fest, wie wir vorgehen werden und verteilen danach die Aufgaben, die jede von uns zu erledigen hat.“

Nach einer halben Stunde hatten sie ihre Strategie auf einem Flipchart skizziert:

Vorgehen:

Schritt 1: Eine umfassende Liste der Personen erstellen, mit denen Robert Stocker Kontakt pflegte. Quellen: Frau Stocker, Söhne, Arbeitskolleginnen und Kollegen bei der Bank, Verwandte, Nachbarn.

Schritt 2: Alle diese Personen systematisch telefonisch oder persönlich befragen.

Schritt 3: Personenliste laufend ergänzen und allen möglichen Indizien/Spuren, die auf ein mögliches Abtauchen hindeuten, nachgehen.

Schritt 4: Auswerten, Schlüsse ziehen. Unterstützung von Seiten Dritter organisieren, Behörden einbeziehen.

Kommunikation:
Tägliche kurze Sitzung im Büro oder telefonisch. Frau Stocker nach Bedarf, mindestens aber wöchentlich mit einbeziehen.
Administration:
Aufwand und Spesen täglich notieren, wöchentlich abrechnen.
Vierzehntäglich Rechnungsstellung an Frau Stocker. Vermerk: zahlbar bei Erhalt.

„Okay, dann hätten wir das vorläufig", meinte Lena: „Ich denke, dass wir die Strategie je nach Verlauf der Ermittlungen und dem Kenntnisstand anpassen werden. Aber wir müssen jetzt erst mal starten. Ich übernehme die Familie und die Bank. Ariane, du hörst dich bei den Nachbarn um. Und du, Eleni versuchst Verwandte von Robert Stocker aufzutreiben. Alles klar?"

Biel, Montag, 30. August 2010, 16.45 Uhr

Lena stand vor der Villa Stocker an der Alpenstrasse und war beeindruckt. Robert Stocker musste viel Geld verdient haben. Sie drückte den Klingelknopf neben dem schmiedeeisernen Tor und wartete. Niemand meldete sich über die Gegensprechanlage. Sie klingelte ein zweites Mal. Zwischen den Bäumen hindurch konnte Lena auf den Hafen und die Badeanstalt hinunter sehen. Eine wirklich tolle Hanglage. Es schien niemand zu Hause zu sein. Lena entschloss sich, es am nächsten Tag noch einmal zu versuchen, diesmal aber vorher anzurufen. Sie schaute auf ihre Uhr. Es war zu spät, um die Bank zu kontaktieren. Auch das musste bis morgen warten. Stattdessen rief sie ihre Tochter Jenny an. Vielleicht würde sie diese zu einem spontanen Abendessen irgendwo am See überreden können.

Eine gute Stunde später saßen sie auf der Terrasse des Restaurants Les Trois Amis in Schernelz hoch über dem See und genossen den atemberaubenden Ausblick auf die St. Petersinsel. Sie hatten sich warm anziehen müssen, denn nach einem sehr sonnigen August hatte es gestern einen Kälteeinbruch und viel Feuchtigkeit gegeben. Die Schneegrenze war deutlich unter zweitausend Meter gefallen. Doch die Wolkendecke war inzwischen stellenweise aufgerissen und ab und zu brach die Sonne durch. Trotzdem war es kaum über 12 Grad warm. So waren sie fast die einzigen

Gäste draußen, die sich auf einen Teller mit leckeren Eglifilets à la meunière freuten.

Jenny hatte von ihren Leiden und Freuden an der Pädagogischen Hochschule in Bern erzählt, die nun bald wieder beginnen würde. Sie wurde es aber bald leid, über unfähige Dozenten und fragwürdige Arbeitsaufträge zu klagen. Deshalb fragte sie nach Lenas Arbeit: „Muss ich mir Sorgen machen, nachdem du ja jetzt deinen Teilzeitjob an der Schule in Bözingen verloren hast?"

„Nein, nein", antwortete Lena gut gelaunt. „Wir haben letzte Woche einen ziemlich dicken Fisch als Auftrag bekommen."

„Ah ja, um was geht es denn?", fragte Jenny gespannt.

„Wir sollen einen verschwundenen Banker suchen, bei dem die Polizei davon ausgeht, dass er Selbstmord begangen hat. Seine Exfrau aber ist überzeugt, dass er lebt", berichtete Lena.

„Aber wie geht das denn?", fragte Jenny.

„Sie glaubt, dass er untergetaucht ist, um irgendwo ein neues Leben zu beginnen." Lena erzählte so kurz es ging, was sie wussten und wie sie nun vorgehen wollten. Jenny hörte aufmerksam zu.

„Das hört sich interessant an", sagte sie. „Braucht ihr keine zusätzliche Arbeitskraft? Ich wäre sofort dabei."

„Mach du mal deine Ausbildung als Lehrerin und lass dich nicht in die Abgründe dieser Gesellschaft herunterreißen", antwortete Lena.

„Glaubst du denn, in der Schule wird man damit nicht konfrontiert?“, konterte Jenny. „Eigentlich müsstet du es besser wissen nach deinem Kurzintermezzo an der Schule.“

„Aber sicher, du hast natürlich recht“, beeilte sich Lena zu sagen. „Das war eine einzige Katastrophe. Aber zum Glück ist das ja nicht der Normalfall.“

„Noch nicht, aber wenn wir, ich meine die Gesellschaft, so weiter machen, dann wird das alles immer schlimmer“, meinte Jenny nachdenklich.

„Was meinst du konkret mit so weitermachen?“, hakte Lena nach.

„Schlechte Integration von Ausländern, Kinder zwischen zwei Welten, Asylbewerber, die eigentlich nur Arbeit suchen, ungelöste Probleme mit den Folgen einer wachsenden Lebenserwartung, ungleiche Verteilung des Wohlstands, Abzocker in der Wirtschaft und Banker, die das Geld von Pensionären verjubeln wie dein Robert Stocker.“ Jenny kam richtig in Fahrt.

„Ich staune“, sagte Lena. „In deinem Alter habe ich mir keine solchen Gedanken gemacht. Es gab zwar die autonome Bewegung, die mit Steinen und Molotow-Cocktails nach rechtsfreiem Raum schrie, und an der Uni die Vollversammlungen bewegter linker Studenten, aber die waren alle nicht mein Ding. Im Gegenteil. Ich war ja überzeugte Anhängerin des Rechtsstaats.“

„Und? Bist du das heute auch noch?“, fragte Jenny mit einer Spur Sarkasmus in der Stimme.

„Ich muss gestehen, dass ich meine Zweifel habe,

vieles nicht verstehe und einiges ändern würde, wenn ich es könnte."

„Zum Beispiel?"

Lena überlegte kurz, nahm einen Schluck Weißwein, dann sagte sie: „Ich würde Investmentbanker und naive Anleger übers Ohr hauen."

Sie prusteten beide gleichzeitig los. Jenny verschluckte sich und rang nach Luft. Lena stand auf und klopfte ihr auf den Rücken, damit sich die Atemzüge wieder normalisierten. Genau in diesem Augenblick brachte die Kellnerin die Teller mit dem Fisch.

Biel, Dienstag, 31. August 2010, 08.10 Uhr

Lena hatte schlecht geschlafen. In letzter Zeit träumte sie viel von Männern. Es waren erregende Träume. Sie wurde von muskulösen, nackten Männern bedrängt, fand das aber nicht verwerflich. Im Gegenteil: Sie wollte sich eigentlich darauf einlassen. Aber es kam nie dazu. Immer erwachte sie kurz davor. Sie brauchte dringend einen Mann. Jan ging ihr durch den Kopf. Sie hatte seit mehr als einem halben Jahr nichts mehr von ihm gehört. Aber das war ihr Fehler. Sie hatte ihn im Restaurant vor einem halbvollen Teller sitzen lassen und war einfach abgehauen, nachdem er ihre Idee von der Lenaria GmbH nicht für gut befunden hatte. Sie war die Zicke gewesen, die ihn angeschrien hatte. Es wäre also auch an ihr, sich bei ihm zu melden und sich zu entschuldigen. Aber auch wenn sie sich nach seiner Nähe und seinem Körper sehnte, irgendetwas hielt sie davon ab, zum Hörer zu greifen und ihn anzurufen. Also ließ sie es bleiben. Es gab ja schließlich auch noch andere attraktive Männer. Im Morgenmantel ließ sie einen doppelten Espresso in ihre gelbe Tasse einlaufen und genoss den Duft des frischen Kaffees. Dann rief sie Frau Stocker an. Diesmal meldete sie sich sofort.

„Lena Bellmann hier, guten Morgen Frau Stocker. Darf ich Sie kurz besuchen, um mit Ihnen die bisherigen Erkenntnisse, unsere nächsten Schritte und die Formalitäten zu besprechen?"

„Im Moment geht es schlecht. Ich habe um 9 Uhr

einen Arzttermin. Können wir das auf den Nachmittag verschieben?"

„Wie Sie wünschen, Frau Stocker. Wenn es Ihnen recht ist, werde ich um 14 Uhr bei Ihnen sein."

„Das passt ausgezeichnet. Ich freue mich", antwortete Frau Stocker und verabschiedete sich.

Bei der Bank in Zürich konnte sie weder mit Stockers Vorgesetztem noch mit einem Arbeitskollegen verbunden werden. Eine direkte Nummer wollte man ihr nicht geben. Nach dem dritten Anruf beschlich sie das Gefühl, dass man sie abwimmeln wollte. Deshalb beschloss sie, es mit einer indirekten Drohung zu versuchen: „Ja dann, wenn die Herren nicht zu sprechen sind, dann werde ich bei der Presse nachfragen müssen, warum eigentlich bis heute nichts über Robert Stocker zu lesen war."

Die Dame antwortete: „Moment, ich versuche es noch einmal bei Herrn Schnetzler." Fünf Sekunden später hatte sie besagten Herrn Schnetzler in der Leitung.

„Frau Bellmann, wie kann ich Ihnen helfen?", fragte er.

„Ich möchte gerne mit ihnen über Robert Stocker sprechen", antwortete sie.

„Ich bedaure, wir geben keine telefonischen Auskünfte über verstorbene Exmitarbeiter", gab Schnetzler zur Antwort.

„Ich habe ja auch nicht gesagt, dass ich eine telefonische Auskunft wünsche", parierte Lena. „Meine Absicht ist es, Sie in Zürich aufzusuchen und mich mit Ihnen an einen Tisch zu setzen."

„Und in welchem Zusammenhang interessiert Sie der verstorbene Robert Stocker?", fragte er leicht irritiert.

„Ich habe den Auftrag, ihn zu finden", antwortete Lena und wartete. Es dauerte ein paar Sekunden, bis Schnetzler antwortete: „Sie gehen, so nehme ich zumindest an, nicht davon aus, dass Sie seine sterblichen Überreste bei uns finden?"

Lena konterte scharf: „Ich weiß nicht, warum Sie sich darüber lustig machen, möchte Ihnen aber mitteilen, dass Robert Stockers Exfrau es durchaus lohnenswert findet zu überprüfen, ob ihr Mann wirklich tot ist. Da Ihre Bank ihn entlassen hat, dürfte ein Suizid möglicherweise mit dieser Kündigung zu tun haben. Darüber und über die Gründe der Entlassung muss ich mit Ihnen reden."

Jetzt kam er ins Stottern: „Das kann ich nicht von mir aus entscheiden. Darf ich Sie unter dieser Nummer zurückrufen?"

„Das dürfen Sie selbstverständlich", antwortete Lena kühl. „Allerdings habe ich den Termin bei Ihnen in Zürich für morgen bereits eingeplant."

Kurze Zeit später rief ein Herr Bamert sie zurück und entschuldigte sich, dass am Mittwoch kein Termin mehr frei sei. Er bot ihr aber einen um 10.30 Uhr am Freitag an. Lena lächelte zufrieden und sagte zu.

Biel, Dienstag, 31. August 2010, 14.00 Uhr

Frau Stocker nahm Lena beim Tor in Empfang. Die beiden Frauen reichten sich die Hand. Ihre Schritte scharrten auf dem Kiesweg zum Haus. Frau Stocker führte Lena ins Wohnzimmer und bat sie in einem modernen Ledersessel Platz zu nehmen. Durch die große Fensterfront hatte man einen atemberaubenden Blick über die Stadt und den See.

„Sie dürfen sich glücklich schätzen", sagte Lena. „Ein solcher Ausblick ist nur wenigen Leuten vergönnt."

„Das höre ich immer wieder", antwortete Frau Stocker mit einem gequälten Lächeln. „Aber mir hat das alles kein Glück gebracht. Nachdem mich mein Mann verlassen hat, bin ich gesellschaftlich isoliert."

„Ihr Mann hat Sie verlassen?", fragte Lena überrascht. „Ich dachte, Sie haben sich einvernehmlich getrennt."

„Ja, am Ende habe ich die Trennung vorgeschlagen. Für ihn war es eine Erleichterung. Verlassen hat er mich aber schon viel früher."

„Wie darf ich das verstehen?"

„Das mit den Frauengeschichten hat schon im ersten Jahr unserer Ehe angefangen", antwortete Frau Stocker und wechselte abrupt das Thema. „Was darf ich Ihnen anbieten? Kaffee, Tee, Mineralwasser?"

„Ich nehme gerne ein Glas Wasser."

Lena legte in der darauffolgenden Stunde dar, was sie bereits herausbekommen hatten und erkundigte sich nach Verwandten von Robert Stocker. Zusammen erstellten sie eine Liste von zehn Personen, die in einer verwandtschaftlichen Beziehung zu Robert Stocker standen. Von den meisten hatte Frau Stocker auch die Adresse. Sie wies aber darauf hin, dass ihr Exmann diese Beziehungen kaum gepflegt hatte, dass sie sich beispielsweise nur an zwei Familienfeste erinnerte, an denen sie als Familie teil genommen hatten. Das war aber in der Zeit gewesen, als Roberts Eltern noch lebten.

Auf Bekannte und Freunde angesprochen, winkte Frau Stocker ab.

„Er war ein einsamer Wolf, was Freundschaften anging. Frauenbekanntschaften hatte er viele, aber die dauerten meistens eine Nacht oder höchstens ein bis zwei Wochen. Ich würde meinen Ex als Mensch ohne Wurzeln bezeichnen."

„Und Geschäftsfreunde, Arbeitskollegen?", fragte Lena.

„Die kenne ich nicht. Er hat mich nur zu einer einzigen Kundenveranstaltung mitgenommen. Ich glaube, dass er auch unter diesen Leuten keine engen Kontakte pflegte."

„Seltsamer Mensch, ihr Exmann", sagte Lena. „Wie haben Sie sich denn kennen gelernt, wenn ich fragen darf?"

„Bei einer Kundenveranstaltung der Bank. Ich arbeitete damals bei einer Pensionskasse. Er war überaus charmant und ich ein naives Huhn."

„Aber Sie haben geheiratet", gab Lena zu bedenken.

„Er brauchte eine Frau, die repräsentierte, ihm sozialen Rückhalt für seine Karriere garantierte, die ihm Kinder gebar und seine Hemden bügelte. Ich war das ideale Opfer."

„Warum bezeichnen Sie sich als Opfer?"

„Weil ich blind genug war, die Zeichen nicht zu erkennen oder nicht erkennen zu wollen. Er hat mich für seine Zwecke benutzt. Darum glaube ich auch nicht an Selbstmord. So ein Mensch bringt sich nicht um."

„Wenn die Situation ausweglos ist?", warf Lena ein.

Frau Stocker schwieg. Lena nutzte den Augenblick, um auf die Auftragsformalitäten zu sprechen zu kommen. Sie erklärte Frau Stocker die Geschäftsbedingungen der Lenaria GmbH und legte ihre Strategie zusammen mit der schriftlichen Vereinbarung vor. Lena hatte am Türschild gelesen, dass Frau Stocker inzwischen als selbständige Treuhänderin arbeitete. An dem nötigen Einkommen schien es ihr nicht zu fehlen, denn sie unterschrieb das Dokument, ohne weitere Fragen zu stellen.

Biel, Dienstag, 31. August 2010, 16.30 Uhr

Sie trafen sich gegen Abend zur täglichen Besprechung in der Agentur. Lena berichtete von ihrem Besuch bei Frau Stocker und den neuen Aspekten des Stockerschen Ehelebens. Lena überreichte Eleni die Liste mit den Verwandten und sagte: „Ich habe Frau Stocker gleich danach gefragt. Was hast du in dieser Sache unternommen?“

„Ich habe auf dem Zivilstandsamt in seinem Heimatort nachgefragt“, antwortete Eleni. „In erster Linie hat mich interessiert, ob jemand aus seiner Familie ausgewandert ist. Aber in diese Richtung ist nichts bekannt oder zumindest wurde es nicht registriert.“

„Und die haben dir einfach so Auskunft gegeben?“, fragte Lena.

„Ich musste Name und Telefonanschluss der Firma hinterlassen. Die haben das offenbar überprüft und mich danach zurückgerufen.“

„Okay, sehr gut. Ariane, hast du schon mit den Nachbarn gesprochen?“

„Ja, jedenfalls mit denjenigen, die heute da waren“, berichtete Ariane. „Die anderen werde ich morgen Nachmittag und Abend besuchen. Ich nehme an, die arbeiten tagsüber.“

„Und was hast du für ein Bild von Herrn Stocker erhalten?“

„Soweit sie ihn überhaupt zu Gesicht bekommen haben, wurde er als charmant und freundlich bezeichnet. Eine ältere Frau, die nachts nicht schlafen kann und oft aus dem Fenster guckt, hat sich am wechselnden Damenbesuch gestört. Eigenartigerweise hat sie aber gesagt: Was sind das nur für billige Frauen, die sich jedem Casanova in die Arme werfen. Das Wort Casanova hat sie aber fast respektvoll ausgesprochen."

Lena lachte: „Du weißt doch, Männer dürfen das im Gegensatz zu uns Frauen. Und niemand hat etwas gesagt, was uns weiterbringen könnte? Keine auffälligen Veränderungen? Keine geschäftlichen Treffen? Streit?"

„Nichts, absolut gar nichts", antwortete Ariane. „Robert Stocker ist scheinbar ein charmanter und freundlicher Lebemann."

„Dann suchen wir weiter. Irgendetwas werden wir schon finden, was dem Bild Farbe verleiht", sagte Lena und schloss die Sitzung. „Macht euch einen schönen Abend. Ich jedenfalls gehe jetzt in die Sauna. Wir sehen uns morgen."

„In die Sauna?" Ariane schaute sie lächelnd an. „Allein?"

„Ja, allein", antwortete Lena spitz. „Frauenabend."

Zürich, Freitag, 03. September 2010, 10.30 Uhr

Die Herren Schnetzler und Bamert empfingen Lena in einem Besprechungszimmer im Hauptsitz am Paradeplatz in Zürich. Die Begrüßung war steif.

Schnetzler eröffnete das Gespräch: „Sie arbeiten also im Auftrag von Frau Stocker, die glaubt, dass ihr Mann noch lebt?"

„Ja, ihr Exmann, die beiden sind geschieden", sagte Lena.

„Ihre Agentur ist, wenn ich das auf Ihrer Website richtig verstanden habe, eine Art Privatdetektei und gleichzeitig auch eine Beratungsfirma für Frauen?", bohrte er weiter.

„So ist es", bestätigte Lena.

„Sie selbst haben vorher als Kommissarin bei der Berner Kriminalpolizei gearbeitet", sagte Schnetzler.

„Genau, Sie haben gründlich recherchiert", antwortete Lena leicht ungeduldig. „Es geht aber hier nicht um meine Person, sondern um Ihren ehemaligen Mitarbeiter Robert Stocker."

„Sie müssen verstehen, dass wir wissen müssen, wem wir Informationen anvertrauen", sagte er. Lena antwortete sofort: „Es scheint tatsächlich einfacher zu sein, bei Ihnen Diktatorengelder zu deponieren, als einige einfache Fragen beantwortet zu bekommen."

Schnetzler wurde wütend, schluckte aber seinen Ärger herunter. Sein Kollege Bamert senkte den Kopf und musste sich ein Lächeln verkneifen, so jedenfalls kam es Lena vor. Schnetzler fasste sich und fragte übertrieben höflich: „Womit können wir Ihnen dienen?“

„Warum wurde Robert Stocker entlassen?“, fragte Lena und fügte hinzu: „Und verschonen Sie mich mit dem Gerede von Persönlichkeitsrechten. Ich möchte eine klare Antwort.“

„Herr Stocker hat mit fragwürdigen Investitionen rund 300 Millionen an Kundengeldern verloren“, antwortete er nach einer kurzen Pause.

„Aber Sie haben doch bestimmt klare Richtlinien betreffend der Risiken, die eingegangen werden dürfen. Wie also konnte Stocker als Einzelperson eine solche Summe verjubeln, ohne dass das interne Controlling eingegriffen hat?“

„So einfach ist das nicht“, antwortete er zögernd. „Die Anlagespezialisten verfügen über ein hohes Maß an Kompetenzen und Verantwortung.“

„Muss ich das so verstehen, dass wenn etwas schiefgeht, die Schuld auf den Mitarbeiter abgeschoben werden kann?“, fragte sie.

„Nein, natürlich nicht. Mitverantwortlich für die getätigten Transaktionen ist auch der Vorgesetzte.“

„Und das wären im Fall Stocker Sie?“, fragte sie gerade heraus.

„Da haben Sie leider recht.“, antwortete er kleinlaut.

„Und warum wurden Sie dann nicht auch entlassen?“

„Das liegt im Ermessen der Geschäftsleitung. Sie hat sich anders entschieden, was wohl für meine Leistungen spricht.“

„Gab es Anzeichen oder Äußerungen, die auf einen Suizid Stockers hindeuteten?"

„Nein, keine. Wir waren alle perplex, nicht wahr?", antwortete Schnetzler und wandte sich Bamert zu.

„Ja, ich war Robert am nächsten, war sein Büropartner. Ich hätte nie gedacht ...", sagte der Jüngere.

„Haben Sie auch privat mit Robert Stocker Kontakt gepflegt?", unterbrach sie ihn.

„Nein, ein-, zweimal ein Cüpli nach der Arbeit, aber sonst nie", antwortete er.

„Haben Sie von seinen Risikoanlagen gewusst?"

„Ja, zumindest von einigen. Ich habe ihn mehrmals vor den möglichen Konsequenzen gewarnt."

„Haben Sie es Herrn Schnetzler gemeldet?"

Bamert zögerte, bevor er antwortete: „Nein, Herr Schnetzler hatte ja jederzeit Zugriff auf unsere Rechner."

„Ist Ihnen eine Veränderung an Stocker aufgefallen?"

„Nein, er war, wie er immer war, bis zu seiner Freistellung."

„Könnten Sie sich vorstellen, dass Robert Stocker den Suizid nur vorgetäuscht hat und untergetaucht ist?"

„Ich weiß nicht, ob er wirklich so weit gehen würde. Ich kann es mir eigentlich nicht vorstellen", antwortete Bamert.

„Können Sie sich dann vorstellen, dass er sich umgebracht hat?"

„Was weiß ich. Eigentlich auch nicht, nein. Aber es wird wohl so sein."

Lena wusste so viel wie vorher. „Haben Sie mir sonst noch etwas im Zusammenhang mit Herrn Stocker zu sagen?"

Ihr fiel auf, dass sich die beiden kurz anschauten, bevor Schnetzler sagte: „Nein, sonst gibt es nichts zu berichten."

Sie dankte für das offene Gespräch und stand auf.

„Vielleicht werde ich Sie im Laufe der Ermittlungen noch einmal kontaktieren müssen. An wen halte ich mich in diesem Fall? An Herrn Bamert?", fragte sie und stellte fest, dass dies gar keine unangenehme Vorstellung war.

„Ja, richten Sie Ihre Fragen in Zukunft direkt an Herrn Bamert."

Dieser beeilte sich, ihr eine Karte zu überreichen. Darauf stand: Florian Bamert, Anlageberater.

„Florian, ein schöner Name", dachte sie und verabschiedete sich. Florian Bamert schaute ihr ein bisschen länger in die Augen als nötig, fand sie.

Zürich, Freitag, 03. September 2010, 21.00 Uhr

Viel Neues war nicht herausgekommen bis zur abendlichen Sitzung. Eleni hatte die Verwandtenliste erstellt und Ariane einige weitere Nachbarn gesprochen. Sie waren keinen einzigen Schritt weiter.

Jetzt saß Lena zusammen mit ihrer Tochter Jenny im Wohnzimmer und betrachtete das Fotobuch der Weltreise. Vor allem die Bilder aus Laos gefielen Lena. Da würde sie sehr gerne auch einmal für ein paar Wochen hinfahren. Ein Land, das im Vergleich zum Nachbarstaat Thailand ziemlich unterentwickelt schien. Aber mit herzlichen Menschen, die voller Stolz ihre Kultur pflegten und trotz der weit verbreiteten Armut eine unübersehbare Würde ausstrahlten, wie Jenny berichtete. Aber sie würde in nächster Zeit wohl kaum die Zeit dazu finden. Sie konnte ja ihre junge Firma nicht einfach sich selbst überlassen und damit die Arbeitsplätze gefährden, die sie geschaffen hatte. In diesem Moment klingelte das Telefon. Lena stand auf und ging zur Station hinüber. „Wer ruft denn um diese Zeit noch an?“

„Hier spricht Florian Bamert“, sagte die Stimme am anderen Ende. Lena hatte sie sofort erkannt.

„Guten Abend, Frau Bellmann. Sie entschuldigen, dass ich so spät noch anrufe. Aber es scheint mir wichtig.“ Dann schwieg er.

Lena runzelte die Stirn und schaute Jenny an. „Guten Abend Herr Bamert. Es ist erst 9 Uhr. Sie brauchen also kein schlechtes Gewissen zu haben. Um diese Zeit bin ich normalerweise noch nicht im Bett. So alt bin ich noch nicht"

Bamert machte das sichtlich verlegen und er beeilte sich zu sagen: „Oh nein, ich wollte auf keinen Fall den Eindruck erwecken, dass ich Sie für eine ältere Dame halte. Ich meine, Sie sehen toll aus."

„Danke", antwortete Lena. „Und was ist nun der Grund für Ihren Anruf?"

„Ja, richtig", antwortete er. „ Ich möchte Sie noch einmal treffen, denn ich habe Informationen, die Sie interessieren dürften."

„Und warum haben Sie diese heute Nachmittag zurückgehalten?", fragte Lena skeptisch.

„Das sind vertrauliche Informationen, die ich Ihnen eigentlich gar nicht weitergeben dürfte."

„Und warum tun Sie es dann jetzt?", fragte sie.

Er schwieg einen Augenblick. Dann antwortete er: „ Ich glaube, sie sind bei Ihnen gut aufgehoben."

Lenas Neugierde war geweckt. Wie meinte er das? Sie wollte mehr erfahren. „Und worum geht es?"

„Das kann ich Ihnen nicht am Telefon sagen. Wir müssen uns sehen. Darf ich Sie morgen besuchen?"

„Sie wissen, dass ich in Biel wohne?", fragte sie.

„Das spielt keine Rolle. Ich kann kurz nach dem Mittag bei Ihnen sein, wenn es Ihnen recht ist."

Lena überlegte. Irgendwie kam ihr das seltsam vor. Was wollte Bamert von ihr? Wollten die Banker sie ausspionieren, in Erfahrung bringen, mit wem sie es zu tun hatten? Oder hatte Florian Bamert vielleicht ein privates Interesse an ihr? Diesem Aspekt wäre sie allerdings nicht abgeneigt. Sie konnte es ja mal vorsichtig auf sich zukommen lassen. Sie sagte: „Also gut, ich erwarte Sie um 16 Uhr in meiner Agentur in Biel."

Als sie aufgelegt hatte, lachte ihr Jenny entgegen. „Was ist denn mit dir los? Du bist ja ganz aufgekratzt. Hat das etwas mit diesem Herrn Bamert zu tun?"

„Das ist rein beruflich. Außerdem scheint er ziemlich jung zu sein", antwortete Lena.

„Wie jung denn?", fragte Jenny belustigt.

„Wohl etwas über dreißig."

„Wow", sagte Jenny. „Dann wäre der ja eher etwas für mich. Sieht er gut aus?"

„Umwerfend", schwärmte Lena. „Und einen Knackarsch hat der."

„Dann komme ich morgen Nachmittag zu Kaffee und Kuchen", rief Jenny.

Lena schaute ihre Tochter ernst an und sagte: „Das lässt du schön bleiben."

Biel, Samstag, 04. September 2010, 16.00 Uhr

Florian Bamert stand pünktlich vor ihrer Tür. Lena bat ihn herein und offerierte ihm Kaffee, Bier oder Wein. „Wir haben Wochenende und Sie sind ja hier quasi im Urlaub", sagte sie und hätte sich dafür schlagen können. Was für eine dämliche Begrüßung.

Florian Bamert wählte zu ihrem Erstaunen Wein und stand dann etwas unbeholfen herum. Sie führte ihn ins Wohnzimmer und hieß ihn Platz zu nehmen. Er setzte sich aufs Sofa. Während sie in der Küche den Wein entkorkte, schaute er sich um. Was er sah, gefiel ihm. Diese Frau hatte Stil.

Lena hatte Schwierigkeiten, den Korken herauszuziehen. Seine Anwesenheit machte sie nervös.

Sie kam mit einem Tablett zurück. Neben zwei Gläsern und der offenen Flasche hatte sie auch eine Schale mit Nüssen gefüllt. Lena stellte alles aufs Sofatischchen und nahm auf dem Sessel gegenüber Platz. Sie nahm ihr Glas und prostete ihm zu. Florian Bamert griff nach dem anderen Glas und nickte Lena zu. Sie sagte: „Ich bin Lena, wenn es dir recht ist." Er lächelte und antwortete: „Ich bin Florian." Eigentlich wollte er hinzufügen „Es ist mir sogar sehr recht". Aber er ließ es bleiben.

„Du hast am Telefon gesagt, dass du wichtige Informationen für mich hast", nahm sie den Faden auf.

„Ob sie wichtig sind, das entscheidest allein du", antwortete Florian. „Ich bin mir allerdings fast sicher, dass sie etwas mit Roberts Verschwinden zu tun haben."

„Dann bin ich aber sehr gespannt", meinte Lena und lehnte sich nach vorn.

„Bei uns in der Bank sind Kundendaten deutscher Anleger kopiert worden", erzählte Bamert. „Inzwischen haben sich zahlreiche deutsche Kunden bei der Bank beschwert, sie hätten Post von der Württembergischen Steuerfahndung erhalten. Meine Vorgesetzten gehen davon aus, dass Stocker diese Daten nach Stuttgart verkauft hat. Ich frage mich nun, warum er sich dann hätte umbringen sollen."

„Das würde für die Theorie von Frau Stocker sprechen. Er hat abkassiert und ist danach abgetaucht", sagte Lena erregt. „Aber wohin?"

„Keine Ahnung. Vielleicht in Deutschland. Mit ein paar Millionen lässt sich auch da gut leben."

„Ja, aber das scheint mir eher unwahrscheinlich", entgegnete Lena. „Das Risiko, zufällig entdeckt oder in einer Kontrolle beziehungsweise einer Schengen-Fahndung hängen zu bleiben, ist zwar gering, aber es besteht. Wenn schon, hat er sich gleich richtig abgesetzt. Nach Asien oder Südamerika, würde ich vermuten."

„Wie gesagt, ich habe keine Ahnung", meinte Florian.

„Warum hat denn die Bank keine Anzeige erstattet wegen des Datenklaus?", wollte Lena wissen.

„Da die deutsche Seite den Vorfall offenbar diskret abwickelte, sahen wir keinen Grund, der Bank noch mehr Image-Schaden zuzufügen."

„Und wenn einer der geprellten Kunden die Presse informiert?“, gab Lena zu bedenken.

„Bisher hat es keiner getan“, antwortete Florian trocken.

„Und warum hast du mir diese brisanten Informationen anvertraut?“, fragte sie.

Er zögerte, bevor er antwortete: „Es ist nicht in Ordnung, wie Robert mit den Kunden umgesprungen ist, die uns immerhin ihr Geld anvertraut haben. Zuerst hat er ihr Schwarzgeld verspielt und sie danach bei der Steuerfahndung verpfiffen. Sie werden in Deutschland Steuern nachzahlen müssen für Vermögen, die sich in Luft aufgelöst haben. Ganz abgesehen von den saftigen Bußgeldern. Das war richtig fies von Robert Stocker, zumal er damit bestimmt noch viel Geld kassiert hat. Das will ich nicht einfach unter den Teppich kehren.“

„Und warum zeigst du ihn nicht einfach an?“, fragte Lena.

„Weil ich damit der Bank und mir einen Bärendienst erweisen würde. Einer Bank, die ihre Kunden bescheißt, kann man doch nicht trauen. Die Kunden würden ihr Gespartes von ihren Konten abziehen und wir kämen in ernste Schwierigkeiten. Nicht nur unsere Bank, die ganze Schweizer Wirtschaft, die ja an unserem Tropf hängt.“

„Deine Bank ist einfach viel zu groß und viel zu mächtig“, stellte Lena fest. Er antwortete nicht. Sie schaute ihn an und fragte: „Was macht dich denn so sicher, dass ich diese Informationen vertraulich behandle?“

„Du bist nicht an der Bank interessiert“, antwortete Florian Bamert. „Ich habe dir nur ein Indiz geliefert, das darauf hindeutet, dass deine Auftraggeberin richtig liegen könnte. Sie hat dich engagiert, um der Familie Gewissheit zu verschaffen. Niemand sonst hat ein Interesse am Wiederauftauchen von Robert Stocker. Am Allerwenigsten die Bank. Ich zähle jetzt einfach auf dein Fingerspitzengefühl und hoffe, dass du uns, und insbesondere mich, nicht an den Pranger stellst.“

„Ich danke dir für die Information. Sie ist sehr wichtig im Zusammenhang mit Stockers Verschwinden. Ich verspreche dir, dass du bei der Sache keinen Schaden nimmst“, antwortete Lena lächelnd. Dann wechselte sie das Thema:

„Darf ich dich zum Abendessen in der Stadt einladen, wo du doch extra nach Biel gekommen bist?“, fragte sie. Eigentlich hätte sie sagen wollen: „Jetzt will ich mit dir ins Bett.“ Aber das traute sie sich nicht.

Als sie sich drei Stunden später auf dem Bahnhofplatz zum Abschied die Hand reichten und Florian Bamert in der Tür zur Bahnhofshalle verschwand, dachte Lena: „Warum habe ich eigentlich nicht zu Hause gekocht? Dann wäre er vielleicht geblieben.“

Viel hatte sie nicht über ihn erfahren. Sie hatten über Gott und die Welt, über Alltägliches, ihre Arbeit, die Zürcher im Allgemeinen und das Kulturangebot der Stadt Zürich im Speziellen geplaudert. Unverbindlicher Smalltalk eben. Sie wusste nicht einmal, ob er eine Freundin hatte und ob er in einer Villa an der Goldküste oder in einer Mansarde im Langstrass-Quartier wohnte. Sie hatte eine Chance verspielt. Aber was hatte sie sich eigentlich überhaupt erhofft? Wahrscheinlich würde Florian kurz vor Mitternacht zuhause in die Arme einer schönen jungen Frau sinken, die sehnsüchtig auf ihn gewartet hatte. Lena seufzte und machte sich ein bisschen niedergeschlagen auf den Heimweg.

Biel, Montag, 06. September 2010, 08.00 Uhr

Gleich als Erstes griff Lena am Montagmorgen zum Telefon und rief ihre Auftraggeberin an. Sie berichtete ihr von Robert Stockers Datenklau bei der Bank. Sie bat sie, diese Information vertraulich zu behandeln. Abschließend sagte Lena: „Jetzt bin ich fest davon überzeugt, dass Ihr Mann lebt. Und wir werden ihn finden."

„Das war meine große Hoffnung, als ich zu Ihnen kam", antwortete Frau Stocker. „Dass Sie mir glauben würden. Jetzt verstehe ich übrigens auch seine Äußerung anlässlich seines letzten Besuchs. Er hat damals angedeutet, dass auch in der Bank alles bergab gehe. Aber diesmal werde nicht er der Dumme sein, so hatte er gesagt."

„Mit dem heutigen Wissensstand können wir diese Aussage tatsächlich als Absicht deuten, die Bank für alles, was ihm allein angelastet wurde, bezahlen zu lassen", meinte Lena. „Dann ziehen wir jetzt alle Register."

„Das bedeutet dann aber auch einen entsprechend hohen Aufwand", sagte Frau Stocker. „Ich habe mir schon die ganzen letzten Nächte den Kopf über die sich anbahnenden Kosten zerbrochen. Angesichts der Summen, die da auf mich zukommen: Könnte man diese Geschichte mit den gestohlenen Daten nicht an eine Zeitung verkaufen? Meine finanziellen Mittel sind leider nicht unbegrenzt. Und ich denke mir, auf diese Art ließe sich vielleicht ein Teil der Kosten decken."

Lena musste kurz durchatmen, bevor sie antwortete: „Ich habe mich verpflichtet, gewisse Dinge für mich zu behalten. Das wird aber kaum möglich sein, wenn wir von der Presse Geld wollen."

„Ach, das war ja auch nur so ein Gedanke", antwortete Frau Stocker.

Lena beschäftigte Frau Stockers Idee während des ganzen Vormittags. Sie durfte das Risiko nicht eingehen, dass ihre Firma am Schluss für ihre Arbeit nicht ausreichend bezahlt wurde. Und schon gar nicht, dass Frau Stocker die Veröffentlichungsrechte hinter ihrem Rücken verkaufte. Dann hatte sie keine Kontrolle mehr. Sie verstand Frau Stockers Anliegen. Warum sollte sie ihre schöne Villa verkaufen müssen? Kurz nach Mittag rief sie Eleni und Ariane zu sich.

Biel, Montag, 06. September 2010, 13.00 Uhr

„Ich muss etwas mit euch besprechen", eröffnete Lena die Sitzung. „Ihr wisst ja, dass Frau Stockers finanzielle Mittel begrenzt sind. Jetzt liebäugelt sie damit, die Story ihres verschwundenen Mannes einer Zeitung zu verkaufen. Mit dem Geld würde sie uns bezahlen."

Sie wartete die Reaktion der beiden ab. Ariane gab zu bedenken: „Eine solche Zeitungsgeschichte katapultiert Frau Stocker aber ins Rampenlicht. Die Medien werden ihr Haus belagern. Will sie das denn?"

„Das kann ich mir nicht vorstellen. Wahrscheinlich unterschätzt sie diesen Aspekt", antwortete Lena. „Deshalb möchte ich die Geschichte der Presse selbst verkaufen. Auf diese Weise haben wir die Kontrolle. Wir lassen sie an unseren Ermittlungen teilhaben, aber wir bestimmen den Zeitpunkt der Veröffentlichung und worüber berichtet wird und worüber nicht."

„Du denkst dabei an Jan, nicht wahr?", fragte Ariane nachdenklich. „Bist du sicher, dass du ihm vertrauen kannst?"

„Ich denke schon", antwortete Lena. „Zudem muss ich auch an unsere Firma denken. Wir brauchen das Geld, um die teuren Recherchen zu finanzieren."

„Wie du meinst", meinte Ariane. „Du bist die Chefin." Sie schaute Eleni von der Seite an, die nur nickte. Lena war zufrieden. Mit einem aufmunternden Nicken sagte sie: „Okay, ich danke euch. Dann handeln wir mal einen tollen Preis aus."

Sie rief sogleich Frau Stocker an und informierte sie über ihre Absichten und Motive, den Exklusiv-Deal mit der Zeitung selbst einzufädeln. Frau Stocker war einverstanden. Lena rang ihr auch das Versprechen ab, dass Frau Stocker sich aus der Sache heraushalten würde. Im Gegenzug sicherte sie ihr hundertprozentige Transparenz zu, was die Höhe und die Abwicklung der Zahlungen betraf.

Dann wählte sie die Nummer von Jan, der bei der größten Boulevardzeitung des Landes arbeitete. Nach dem dritten Klingeln meldete sich Beatrice, die Tussi in seinem Büro, mit der er es wahrscheinlich seit ihrer Trennung trieb.

„Ist Jan da?“, fragte Lena.

„Guten Tag, wie ist denn Ihr Name?“, fragte die Frau. Ihre Stimme war überraschend sympathisch.

„Oh, Entschuldigung, mein Name ist Lena Bellmann“, sagte Lena. „Ich möchte Jan Niklaus sprechen.“

„Jan hat gerade Urlaub. Er ist erst in einer Woche wieder zurück. Kann ich vielleicht etwas für Sie tun?“

„Nein, ich muss ihn persönlich sprechen. Wo erreiche ich ihn denn?“, fragte Lena.

„Das dürfte schwierig werden“, antwortete sie. „Er ist auf einer kleinen Malediveninsel zum Tauchen.“

„Jan? Der ist doch überhaupt noch nie in die Ferien geflogen“, erwiderte Lena.

„Er brauchte eine kleine Auszeit, wir haben ihm alle dazu geraten“, sagte sie. „Er war ziemlich erschöpft.“

„Dann versuche ich ihn auf seinem Mobiltelefon zu erreichen. Ich danke Ihnen.“ Lena wollte gerade auflegen, da sagte Beatrice: „Das können Sie sich sparen, sein Handy liegt auf meinem Schreibtisch. Prävention, sozusagen."

Lena ärgerte sich. Die Kuh genoss es, sie ins Leere laufen zu lassen. Lena beschloss zurückzuschlagen. „Ist er denn alleine geflogen?", fragte sie.

„Ja, ins Flugzeug ist er alleine gestiegen", entgegnete Beatrice. „Ob er aber im Paradies ohne Eva zurechtkommt, das weiß ich natürlich nicht.",

Sie hatte ihn also zum Flughafen gebracht, wahrscheinlich am Morgen nach einer gemeinsamen Nacht. Warum schien es sie dann nicht zu stören, wenn er sich eine Eva geangelt hatte? Sie konnte es sich nicht verkneifen, zu sagen: „Das muss aber bitter für Sie sein."

Beatrice schlug unvermittelt zurück: „Wir führen eine offene Beziehung. Jedem steht zu, was er braucht."

„Und, brauchen Sie es auch?", fragte Lena und kam sich kindisch vor. Aber Beatrice schien das Spielchen zu genießen. „Natürlich", antwortete sie cool. „Abwechslung macht das Leben süß, finden Sie nicht?"

Lena war perplex. Sie suchte nach einer passenden Antwort. Aber ihr kam nichts in den Sinn, was nicht einfach blöd geklungen hätte. Darum ließ sie es bleiben und sagte nur: „Ich wünsche Ihnen eine schöne Woche." Dann legte sie auf.

Sie war verärgert. Die blöde Tussi hatte sie vorgeführt und sie hatte es zugelassen. Und Jan war eine ganze Woche nicht erreichbar. Sie musste warten. Es blieb ihr nichts anderes übrig.

Biel, Montag, 13. September 2010, 08.50 Uhr

Es war eine lange Woche gewesen. Frau Stocker hatte Verständnis gezeigt und gemeint, auf ein paar Tage mehr oder weniger käme es jetzt auch nicht mehr an. Lena ihrerseits hatte sich um andere kleine Fälle und Aufträge gekümmert und einen Entwurf für einen Werbeflyer ihrer Firma skizziert. Und auch die Website musste endlich professionell überarbeitet werden. Aber dafür hatte sie eine bestimmte Grafikdesignerin engagieren wollen. Allerdings war diese junge Dame genau in dieser Woche in den Urlaub geflogen. Schließlich war Lena die Zeit trotzdem davongerannt und es war schneller Montag geworden, als ihr lieb gewesen war.

Kurz vor 9 Uhr war die Redaktionssitzung zu Ende. Kurz nach 9 Uhr war er meistens schon unterwegs. Also musste sie ihn genau dazwischen erreichen. Lena wählte die Nummer und hielt den Atem an. Er nahm sofort ab.

„Hallo Jan, Lena hier“, sagte sie. „Hast du deine Ferien genossen?“

„Hallo Lena“, antwortete Jan freudig überrascht und offensichtlich völlig relaxt. „Ja, ich hab sie sehr genossen. Aber woher weißt du von meinem Urlaub?“

„Beatrice war so freundlich“, antwortete Lena giftig und dachte an eine wohlgeformte, blonde, braungebrannte und splitternackte Eva.

„Die liebe Beatrice“, meinte er gut gelaunt. „Was kann ich für dich tun?“

„Ich muss dich sehen“, antwortete sie.

„Oh Lena, ich glaube nicht, dass das eine gute Idee ist“, sagte er. „Gerade habe ich mich von unserer letzten schmerzlichen Begegnung für teures Geld am anderen Ende der Welt erholt und jetzt rufst du an und willst mich sehen. Ich würde sagen, falscher Zeitpunkt.“

Lena verlor den Faden. Sie fragte: „Du willst also sagen, dass du meinetwegen auf die Malediven geflogen bist?“

„Zumindest musste ich einmal Abstand gewinnen und mir über verschiedene Dinge klar werden. Das ist nun geschehen und darum sage ich, dass wir es lassen sollten.“

„Okay, verstehe, du hast unsere Beziehung damit offiziell beendet, es ist aus“, sagte Lena belustigt. Er unterbrach sie und entgegnete: „Oh nein Lena, nicht ich habe unsere Beziehung beendet, du warst diejenige, die mich abserviert hat. Aber das ist Schnee von gestern. Ich trage dir nichts nach.“

„Das ist gut so“, antwortete sie und kam zur Sache: „Ich will nicht mit dir ins Bett, Jan. Es geht ums Geschäft, ich will dir eine Geschichte verkaufen.“

Einen Moment lang war es still am anderen Ende der Leitung. Jetzt war er wohl aus seiner Hängematte gefallen. Dann meinte er: „Ja, wenn das so ist, dann ist das was anderes. Worum geht es denn?“

„Ich habe den Auftrag, einen Banker zu finden, der offiziell Selbstmord verübt hat. Seine Frau und inzwischen auch ich sind aber überzeugt, dass er lebt.“

„Und was macht euch da so sicher? Was habt ihr herausgefunden, was eure Annahme erhärtet?“, fragte er.

„Das kann ich dir nicht am Telefon erklären. Das ist der Grund, warum wir uns treffen müssen.“

„Warum sollte ich diese Geschichte denn kaufen? Das wolltest du doch, wenn ich dich richtig verstanden habe?“, fragte er nach.

„Erstens ist es ein richtiger Thriller und zweitens hat der Typ mehr Dreck am Stecken, als man bisher angenommen hatte“, antwortete sie.

„Du machst mich neugierig“, sagte Jan. Lena spürte, dass er angebissen hatte. Sie warf den Köder endgültig aus: „Die Geschichte lässt sich über Wochen ausschlachten und ich lasse dich an allen Ermittlungsschritten teilhaben.“

„Okay“, sagte Jan zögernd. „Abgesehen davon, dass ich noch so gut wie nichts Konkretes weiß, von welcher Größenordnung an Kosten reden wir denn?“

„20.000 Franken“, antwortete sie.

Jan pfiff durch die Zähne. „Das ist ein ganz schöner Brocken. Das kann eine Weile dauern, bis ich dafür grünes Licht bekomme. Und vorab brauche ich erst einmal Fakten.“

„Das ist nicht das erste Mal, dass dein Blatt für einen exklusiven Platz in der ersten Reihe Geld auf den Tisch legen muss. Das kann innerhalb von ein paar Stunden entschieden werden. Ich verrate dir nur so viel: Es geht um einen Anlageberater einer Bank am Zürcher Paradeplatz. Der hat ziemlich viel Scheiße gebaut.“

„Das ist zu wenig. Dafür kriege ich kein Geld“, sagte Jan, nun ganz Journalist. „Da muss ich schon mehr wissen.“

„Wie gesagt, du bist ab sofort exklusiv an vorderster Front mit dabei“, sagte Lena, ohne auf seinen Einwand einzugehen. „Die Leser werden die Geschichte lieben.“

„Keine Chance, Lena. Ich muss etwas vorlegen können, damit die Geld frei machen.“

Lena ignorierte seine Bemerkung. „Ich werde morgen um 12 Uhr im Johanniter im Niederdorf mit dir zu Mittag essen. Wenn du mir bis dahin die schriftliche, provisorische Zusage für das Geld auf den Teller legen kannst, dann erzähle ich dir, was ich weiß. Unter einer Bedingung: Ich bestimme, was zu welchem Zeitpunkt in die Zeitung kommt und was nicht.“

„Lena, ich kann doch nicht 20.000 Franken hinblättern und danach einfach nach deiner Pfeife tanzen.“ Jan schien verzweifelt. „Wie stellst du dir das denn vor?“

„Es ist ganz einfach“, antwortete sie. „Du zahlst dafür, dass du bei einer brisanten Ermittlung hautnah dabei sein darfst und kriegst von mir täglich den Happen, mit dem du deine Fortsetzungs-Geschichte verfassen kannst. Sehen wir uns also morgen Mittag?“

„Ja, ich komme in den Johanniter. Und ich schaue bis dahin, was sich machen lässt“, antwortete er resigniert und legte auf. Gerade hatte er sich mit der Trennung abgefunden, da ließ er sich schon wieder von ihr vereinnahmen. Warum hatte er nicht einfach nein gesagt? Aber die Geschichte klang einfach zu interessant.

Zürich, Dienstag, 14. September 2010, 12.00 Uhr

Lena betrat Punkt 12 Uhr das Lokal. Jan war schon da. Sie begrüßten sich mit Küsschen auf die Wangen wie langjährige Freunde. Sie legte ihre Sachen ab und setzte sich. Sie studierten die Karte und entschieden sich schließlich für das Tagesmenü. Jan bestellte eine Flasche Chardonnay. Sie verschränkte die Arme auf dem Tisch und sagte: „Gut siehst du aus. Schön braun gebrannt. Mit wem warst du denn auf den Malediven?"

Er sah sie überrascht an. „Ich war alleine. Ich hab dir doch gesagt, dass ich zu mir finden musste. Darum habe ich mich auch entschieden alleine zu fliegen."

„Aber in jedem Paradies gibt's doch eine Eva", neckte sie ihn.

„Alle Evas waren mit ihrem Adam da", antwortete er lächelnd. „Ich durfte sie allenfalls gemeinsam fotografieren."

„Warum hast du denn Beatrice nicht mitgenommen?", wollte Lena wissen.

Er lachte und antwortete: „Bea ist eine Affäre, mehr nicht. Sie ist zwar heiß, aber nicht die Frau fürs Leben."

„Ach so, verstehe", sagte Lena. Jetzt tat ihr Beatrice fast leid. Sie wischte die Sentimentalitäten zur Seite und kam zur Sache. „Also, was ist jetzt mit dem Angebot?"

„Da ließe sich was machen, wenn die Story wirklich so brisant ist."

„Geht es etwas konkreter?“, fragte Lena

„10.000 im Voraus und maximal weitere 10.000, wenn die Story nach zwei Wochen noch immer top ist“, stellte er in Aussicht. „Aber jetzt bist du dran.“

„Okay“, antwortete Lena. „Ich vertraue dir. Wir sind im Geschäft. Jetzt hör dir mal diese Geschichte an.“

Sie erzählte ihm alles, was sie wusste. Jan machte sich Notizen, stellte einige Zwischenfragen und fing offensichtlich Feuer. Als Lena geendet hatte, lächelte er sie an und sagte: „Lena, das ist eine Bomben-Geschichte. Ich danke dir, dass du mich mit ins Boot geholt hast. Wir werden diesen Stocker finden.“

Zweiter Teil

Zürich, Montag, 11. Oktober 2010, 08.30 Uhr

In Zürich wunderte sich Denis Tobler an diesem Montagmorgen wie schon so oft, dass sein Klient Robert Stocker das Geld aus dem Daten-CD-Deal mit den Deutschen immer noch nicht abgeholt hatte. Es waren nun fast anderthalb Jahre vergangen. Hatte Stocker sich womöglich doch umgebracht? Er, Tobler, hatte die Sache mit dem Selbstmord als genial inszenierten Abgang interpretiert. Sobald Gras über die Sache gewachsen war, würde Stocker bei ihm auftauchen und seine Altersvorsorge abholen. Aber das war nicht geschehen. Tobler begann an seiner Theorie zu zweifeln. Falls Stocker wirklich tot war und bisher niemand nach dem Geld gefragt hatte, konnte er davon ausgehen, dass niemand davon wusste. In diesem Fall konnte er diese hübsche Summe in Millionenhöhe doch einfach als sein eigenes Kapital betrachten. Er malte sich aus, was er sich damit alles finanzieren könnte: Ein Boot auf dem Zürichsee, um im Sommer die Girls aus der Bar zu einem textilfreien Sonnenbad für nahtlose Bräune auf den See einzuladen, oder eine Villa in Florida. Die Villen in Florida waren aufgrund der Immobilienkrise in den USA zu Spottpreisen zu haben. Vielleicht konnte er dann auch mal eine Miss oder Vize-Miss Schweiz abschleppen, wie der Millionärssohn vom Zürichberg. Endlich wäre er einmal derjenige, dem man in den Arsch kriechen würde.

Zürich, Montag, 11. Oktober 2010, 10.00 Uhr

Lena Bellmann und Jan Niklaus saßen in einem Erste-Klasse-Abteil des Zuges, der Punkt 10 Uhr den Zürcher Hauptbahnhof Richtung Stuttgart verließ. Um 14.03 Uhr würden sie dort eintreffen. Um 14.45 Uhr hatten sie einen Termin im Ministerium für Finanzen des Landes Baden-Württemberg.

Es hatte drei Wochen gedauert, bis der Termin zustande gekommen war. Das hatte Lenas Nerven arg strapaziert. Frau Stocker hingegen hatte diese weitere Verzögerung erstaunlich gelassen hingenommen. Zuerst hatten die verantwortlichen Steuerbeamten abgeblockt, hatten nichts von einer Daten-CD wissen wollen. Die Deutschen hatten keinen Grund, irgendetwas zuzugeben, solange Lena nichts als nur Behauptungen vorzuweisen hatte. Andererseits konnte sie von Florian Bamert auch keine Beweise einfordern, da er ihr Vorgehen auf keinen Fall gebilligt hätte. Schließlich hatte sie es mit Drohungen versucht und Erfolg gehabt. Jan hatte einen Artikel verfasst und diesen mit Hilfe eines Layouters seiner Zeitung als Titelseite gestaltet. Dieses Dokument hatten sie dann nach Stuttgart gemailt mit dem Hinweis, diese Titelgeschichte werde innerhalb der nächsten Tage erscheinen. Darauf hatte das Ministerium für Finanzen reagiert. Der im Artikel blumig erläuterte Aspekt, dass die gekauften Daten gestohlen waren, machte deren Erwerb zu einer kriminellen Handlung. Und wie steht ein Land vor seinen Bürgern da, das selber kriminell wird, um Steuersünder zu überführen? Zumindest vielen wohlhabenden Bürgern, die ihre Ersparnisse mit dem Verschieben auf ein vermeintlich sicheres Schweizer Konto vor dem deutschen Fiskus hatten retten wollen, würde das nicht gefallen und sie würden bei der Nennung von Namen ihren bekanntlich nicht zu unterschätzenden Einfluss zweifellos geltend machen. Unter der Bedingung, dass dieser Artikel nicht erscheinen dürfe, hatten die verantwortlichen Beamten diesen Gesprächstermin angeboten.

Sie trafen pünktlich in Stuttgart ein und gingen die kurze Strecke vom Hauptbahnhof zum Ministerium für Finanzen im Neuen Schloss zu Fuß. Sie wurden von Herrn Meyer bereits erwartet. Die Anwesenheit von Jan Niklaus schien diesen ziemlich zu verunsichern. Denn als sie im Sitzungszimmer Platz genommen hatten, rief er den Kommunikationsbeauftragten des Ministeriums an und bat ihn, alles andere liegen zu lassen und an der Sitzung teilzunehmen.

„Frau Bellmann, Sie haben uns garantiert, dass dieser Artikel nicht erscheinen wird", eröffnete Meyer das Gespräch und wedelte mit dem Ausdruck von Jans fiktiver Titelseite herum. „Und jetzt bringen Sie den Journalisten mit. Was soll das?"

„Sie können ganz beruhigt sein, Herr Meyer", versuchte Lena ihn zu beschwichtigen. „Herr Niklaus schreibt eine größere Story über den Banker, der ihnen die Daten geliefert hat. Dieser Herr Stocker ist nämlich verschwunden. Die Polizei geht von Selbstmord aus. Wir sind da anderer Ansicht."

Sie machte eine Pause und wartete auf die Reaktion. Der Kommunikationsbeauftragte war schneller als Meyer: „Glauben Sie etwa, dass wir ihn beseitigt haben oder was? Das ist doch lächerlich. Wir sind doch hier nicht in Sizilien."

„Wer hat denn sowas gesagt?", fragte Lena süffisant. „Wir glauben, dass Herr Stocker mit dem Geld, das Sie ihm für die Daten bezahlt haben, untergetaucht ist."

„Ja, dieser Verdacht ist nicht von der Hand zu weisen", antwortete er. „Haben Sie denn konkrete Hinweise darauf?"

„Ja, die haben wir", antwortete sie, ohne konkret zu werden. „Wir sind ihm auf den Fersen. Der Knaller für die Zeitung wird also sein, wenn wir den Totgeglaubten auferstehen lassen und er völlig überrumpelt in die Kamera blickt. Das Finanzministerium Baden-Württemberg und die Daten-CD werden da nur ganz am Rande vorkommen. Wir werden die Stationen von Stockers Flucht nachzeichnen und die Leserinnen und Leser am Aufstieg und dem Fall eines Börsenmaklers teilhaben lassen. Das bringt Auflage, nicht eine weitere Daten-CD. Das ist ja nicht wirklich neu."

„Dann sind wir aber froh, wenn Sie das auch so sehen", sagte der namenlose Kommunikationsbeauftragte. Meyer hatte es versäumt, ihn vorzustellen. Aber Meyer war es nun, der sich räusperte: „Sie erzählen uns da von einem Herrn Stocker, der angeblich verschwunden sein soll. Ich frage mich, was das mit dem

Kauf der Daten-CD zu tun haben soll. Ich habe diese CD nämlich weder von einem Stocker noch von einem Banker, sondern ich habe sie hier in diesem Raum einem Notar aus Zürich abgekauft."

Lena und Jan blickten sich überrascht an. „Und wie hieß dieser Notar?", fragte Lena.

„Sein Name war Tobler, Denis Tobler", antwortete er. „Möglich, dass er die Daten von diesem Stocker hatte, aber wie gesagt, mit Ihrem angeblichen Toten oder wie auch immer sein aktueller Zustand heute sein mag, hatten wir zu keinem Zeitpunkt irgendwelchen Kontakt."

„Wie viel haben Sie denn für die CD bezahlt?"

„1.4 Millionen Euro", antwortete er, ohne zu zögern.

„Und wohin haben Sie das Geld überwiesen?", fragte Jan.

„Ich habe es Tobler in gemischten und gebrauchten Scheinen bar in einem Aktenkoffer überreicht."

„Hat er Ihnen den Empfang quittiert?", fragte Lena.

Der Kommunikationsbeauftragte kramte in seinen Unterlagen und überreichte ihr wortlos eine Kopie der unterzeichneten Quittung.

„Danke", sagte Lena und stand auf. „Sie haben uns sehr geholfen. Der Artikel wird nicht erscheinen. Ich muss Sie jetzt aber auch um einen Gefallen bitten."

„Ja, ich kann mir vorstellen, worum es geht", antwortete Meyer. „Ich werde diesen Tobler nicht anrufen."

„Dann sind wir quitt", sagte Lena und reichte den beiden Herren die Hand. Jan tat es ihr gleich.

Draußen frohlockte Lena: „Hey, das ist ja der Hammer. Auf nach Zürich. Den Tobler knöpfen wir uns vor."

„Heute wird das nichts mehr, Lena", antwortete Jan. „Wir sind zu spät dran. Im Übrigen habe ich hier noch einen Auftrag zu erledigen."

„Was, hier in Stuttgart?", fragte Lena.

„Ja, heute Abend findet hier eine Großkundgebung der Bürgerbewegung gegen Stuttgart21 statt. Ich muss darüber berichten."

„Da geht's doch um diesen geplanten unterirdischen Durchgangsbahnhof", sagte Lena. „Warum ist die Bevölkerung dagegen?"

„Was weiß ich", antwortete Jan. „Im Schlossgarten müssen die uralten Bäume geopfert werden. Darum ist dort heute auch die Demo angesagt. Beim letzten Mal kam es zu wüsten Ausschreitungen. Das ist wohl auch der Grund, warum die Redaktion mich hierher schickt."

„Ach so, du hoffst auf Krawall", sagte Lena. „Wie krank ist dein Blatt eigentlich?"

„So ist das nun mal", antwortete er. „Können wir diese Diskussion einfach lassen?"

„Und was mache ich, während du dich zwischen die Prügelnden wirfst?"

„Wir suchen uns jetzt ein schönes Hotel und danach gehen wir etwas essen. Um 6 Uhr beginnt die Kundgebung und du bist ganz einfach mit dabei als Sympathisantin der geknechteten Bürger von Stuttgart."

„Blödmann", sagte sie. „Na, dann suchen wir uns ein Hotel. Zwei Zimmer und du bezahlst."

Stuttgart, Montag, 11. Oktober 2010, 19.30 Uhr

Die Kundgebung war friedlich und ohne nennenswerte Zwischenfälle abgelaufen, obwohl mehr als 30.000 Demonstranten erschienen waren. Lena war beeindruckt von der riesigen Protestkundgebung, fand aber die Reden der teils prominenten Referenten etwas zu naiv. Ihr schien es, dass es den meisten Leuten weniger um die Sache selbst ging als vielmehr darum, dass sie als Bürger nicht mitreden durften. Lena als Demokratie verwöhnte Schweizerin, die mehrmals jährlich über diverse Sachfragen abstimmen konnte, brachte dafür ein gewisses Verständnis auf. Jan hingegen war eher enttäuscht, dass er über nichts Spektakuläres berichten konnte. Da ging am ersten Mai in Zürich die Post jeweils ganz anders ab.

Jetzt saßen sie in einem urigen Restaurant und verspeisten Wild mit Spätzle und Rotkraut. Dazu tranken sie reichlich italienischen Rotwein. Lena fühlte sich wie in alten Zeiten, als sie noch ein Paar gewesen waren. Sie sehnte sich nach einem Mann.

„Jetzt hat es uns also nach Stuttgart verschlagen", meinte Lena leicht beschwipst. „Ich komme mir vor wie im Urlaub."

„Du bist jetzt also meine Urlaubsbekanntschaft", antwortete Jan, dem der Wein nicht nur heiße Füße machte. „Die Frau für eine Nacht."

„Was redest du denn für einen Unsinn", protestierte Lena mit schwerer Zunge. „Du hast mich doch gerade erst vergessen und in den Schrank gestellt."

„Da kann ich dich auch wieder herausnehmen, wenn mir danach steht", antwortete er zweideutig und zwinkerte ihr zu. Lena lachte und fragte: „Wenn dir was steht? Das hab ich jetzt nicht so genau verstanden."

„Du bist ein sehr böses Mädchen, Lena, weißt du das?", fragte Jan und griff nach ihrer Hand.

„Ich bin eine verlassene und einsame Frau", antwortete sie heiser. „Und ich brauche dringend Sex."

„Dann schlage ich vor, dass wir auf das Dessert verzichten und ins Hotel zurückkehren."

„Aber sicher, sonst zieh ich mich augenblicklich aus und lege mich nackt auf den Tisch", flüsterte sie Jan zu.

Er rief den Kellner und bezahlte. Dann verließen sie das Restaurant. Draußen nahm er sie in den Arm und küsste sie. Lena wand sich aus der Umarmung und nahm Jan an der Hand. „Komm ins Hotel", sagte sie.

Sie überquerten die Straße und erreichten nach wenigen Schritten den Eingang zu ihrem Hotel. Jan schnappte sich die Schlüssel im Gestell, ohne auf den Mann an der Rezeption zu achten, der ihn nach der Zimmernummer fragen wollte. Weil der Aufzug gerade in Betrieb war, stürmten sie die Treppe hoch, immer zwei Stufen auf einmal nehmend. Atemlos standen sie vor ihren Türen. Jan hielt beide Schlüssel hoch. „Zu dir oder zu mir?", fragte er.

„Was für eine Frage", antwortete Lena und schmiegte ihren Unterleib an den seinen. Sie spürte, dass ihm wirklich danach stand. „Du hast das schönere Zimmer."

Mit zittrigen Fingern öffnete er die Tür. Sie drückte sie hinter sich zu und warf sich mit Jan aufs Bett. Sie entledigten sich hastig ihrer Kleider.

Es hatte nicht länger als ein paar Minuten gedauert, aber es war das Geilste, was Jan bisher erlebt hatte. Lena legte ihren Kopf an seine hämmernde Brust. Unwillkürlich dachte sie an Florian Bamert. Sie wischte den unpassenden Gedanken weg, aber er kehrte ungefragt zurück und war einfach da. Jan riss sie aus ihren Träumen. „Was nun?“, fragte er. „Sind wir jetzt wieder ein Paar?“ Lena war ein bisschen verlegen. Die Befriedigung der sexuellen Lust hatte auch eine gewisse Ernüchterung zurückgebracht. „Aus Ferienbekanntschaften wird selten eine tragfähige Beziehung“, antwortete sie. „Wir wissen ja beide, wie das ausgeht.“

„Lena, ich glaube, ich liebe dich“, entgegnete er.

„Du glaubst es?“, fragte sie leicht belustigt und doch tat er ihr leid. „Wenn ich jemanden liebe, dann weiß ich das, Jan. Dann gehe ich für diesen Menschen durchs Feuer und unterstütze ihn in allem, was er tut. Nein, unsere gegenseitige Zuneigung ist nicht Liebe. Wir üben zugegebenermaßen eine gewisse Anziehungskraft aufeinander aus, die aber in erster Linie körperlich ist. Ich finde dich attraktiv, sexy und sympathisch. Aber das reicht nicht aus für ein gemeinsames Leben.“ Während sie das sagte, dachte sie die ganze Zeit an Florian Bamert, den sie eigentlich überhaupt nicht kannte. War sie tatsächlich in diesen Jungen verknallt? War ihr Gefühlsleben außer Kontrolle geraten? War ihr jegliche Vernunft abhanden gekommen? Sie wusste selber überhaupt nichts mehr.

„Ich denke, es ist besser, wenn ich jetzt gehe“, sagte sie und richtete sich auf. Jan blieb wortlos auf dem Rücken liegen und schaute ihr zu, wie sie sich ankleidete. Sie küsste ihn auf den Mund und wünschte ihm eine gute Nacht. „Danke, dass du mich so verwöhnt hast “, sagte sie. „Ich habe das wirklich gebraucht.“

Lena huschte aus dem Zimmer auf den Korridor hinaus und ließ ihn allein zurück.

Stuttgart, Dienstag, 12. Oktober 2010, 10.00 Uhr

Beim Frühstück war es beiden ein bisschen peinlich gewesen. Sie hatten wenig geredet. Das leidenschaftliche Intermezzo in Jans Zimmer war kein Thema gewesen. Passiert ist passiert. Für Lena war das weiter kein Problem. Jan aber schien ein bisschen gekränkt. Doch Lena ließ sich nicht darauf ein. Sie hatte ihrerseits Kopfschmerzen vom vielen Rotwein und ein Aspirin geschluckt.

Pünktlich um 10 Uhr verließ der ICE nach Zürich den Stuttgarter Hauptbahnhof. Sie saßen nebeneinander, Lena am Fenster, Jan zum Gang hin. Jan schrieb seinen zweiten Artikel über die Hintergründe der Montagsdemo im Schlossgarten und Lena hatte sich mit Zeitschriften eingedeckt. Zwischendurch machte sie ein Nickerchen und legte dabei absichtlich ihren Kopf an Jans Schulter. Sie wollte ihm damit zeigen, dass sie ihn trotz allem, was zwischen ihnen stand, mochte. Er ließ es geschehen.

Der Zug traf auf die Minute in Zürich ein. Die Fahrt hatte genau vier Stunden gedauert. Auf direktem Weg begaben sie sich in die Kanzlei von Denis Tobler. Als sie unangemeldet bei seiner Assistentin im Vorzimmer auftauchten, wussten sie nicht, dass sie gleich einen Traum zerstören würden.

„Wir möchten gerne Denis Tobler sprechen“, sagte Lena. „Mein Name ist Bellmann, ich bin Privatdetektivin und das ist Herr Niklaus. Er arbeitet als Journalist mit dem Spezialgebiet Wirtschaftskriminalität.“

Die junge Frau sagte: „Moment bitte. Ich muss nachfragen, ob Herr Tobler frei ist."

„Das werden Sie doch wohl wissen, wenn Sie seine Türe hüten", warf Jan ein. „Hier kommt doch keiner unbemerkt vorbei."

Die Frau zeigte ein nervöses Zucken an der Wange, sonst aber behielt sie ihre Fassung. Am anderen Ende hatte sich Tobler offenbar gemeldet. Sie berichtete: „Eine Dame und ein Herr möchten Sie sprechen, Herr Tobler … ja verstehe, ich richte es aus." Sie wandte sich an Lena und Jan, ohne den Hörer aufzulegen. „Herr Tobler bittet Sie, sich einen Termin geben zu lassen. Er hat heute viel zu tun."

„Sagen Sie ihm, es sei dringend", entgegnete Lena und legte einen drohenden Unterton in ihre Stimme. Offenbar erkundigte sich Tobler, worum es denn gehe, denn die Assistentin fragte: „In welcher Sache möchten Sie denn Herrn Tobler sprechen?"

„Richten Sie ihm aus, dass es um die Daten-CD mit den Kontoinformationen deutscher Staatsbürger geht, die er an das Ministerium für Finanzen des Landes Baden-Württemberg verkauft hat", sagte Lena so laut, dass er es hören musste. Das zeigte augenblicklich Wirkung. Die Türe zum Notariatszimmer wurde geöffnet und vor ihnen stand ein kleiner, gut genährter Mann mit Scheitel und geröteten Wangen. „Bitte treten Sie ein", sagte er.

Zürich, Dienstag, 12. Oktober 2010, 14.50 Uhr

Sie konfrontierten ihn ohne Umschweife mit ihrem Wissen und verlangten die Bestätigung, dass Stocker sein Klient sei. Tobler stritt zuerst alles ab. Als ihm Jan aber in Aussicht stellte, dass er unter diesen Umständen morgen seine Geschichte in der Zeitung lesen könne, da wurde Tobler kooperativ, obschon sich damit sein Traum von der Yacht und dem Haus in Florida in Luft auflöste.

„Stocker ist mein Klient und ich habe in seinem Auftrag, wie sie richtig sagen, die Daten-CD Herrn Meyer in Stuttgart übergeben. Er hat mir dafür 200.000 Euro in bar ausbezahlt."

Tobler versuchte, seinen Traum zu retten. Aber Lena zerstörte seine letzte Hoffnung und legte ihm die Kopie der Quittung aus Stuttgart vor die Nase.

„Sie wollen uns also für dumm verkaufen! Wo sind die 1.4 Millionen?", fragte Lena. „Hat Stocker sie abgeholt, bevor er untergetaucht ist?"

Tobler witterte eine neue Chance und nickte eifrig: „Ja, er kam an dem Tag, als im Fernsehen über sein Verschwinden berichtet wurde, hier vorbei und hat das Geld abgeholt."

„Und wie viel ist für Sie dabei rausgesprungen?", fragte Jan.

„19.000 Franken", antwortete Tobler selbstbewusst, weil er wusste, dass er dies jederzeit belegen konnte.

„Erzählen Sie uns alle Details zu dem Treffen, bei dem Stocker sein Geld abgeholt hat", verlangte Lena.

„Datum, Wochentag, was er Ihnen erzählt hat ... Welche Kleider hat er getragen? Wo hat er das Geld verstaut? Wie lange ist er geblieben? Wohin ist er gegangen? Wie war er unterwegs? Wir müssen alles wissen."

Tobler ließ sich Zeit. Zum einen war er schlau genug, eine Lügengeschichte zu konstruieren, die sich schwer überprüfen ließ, zum anderen konnte er sich verständlicherweise an gewisse Details nicht mehr erinnern, weil die Begegnung ja schon fast zwei Jahre zurücklag. Tobler kam in Fahrt und fühlte sich richtig gut. Das war auch Lena nicht entgangen. Sie war sich sicher, dass alles gelogen war.

„Sie sind sich im Klaren darüber, dass Sie mit dem Kurierdienst eine Straftat begangen haben?", fragte sie ihn. „Sie haben nicht nur das Schweizerische Bankgeheimnis verletzt, Sie haben mit dem Verkauf der Daten im Auftrag von Stocker auch Hehlerei betrieben und einem Straftäter zur Flucht verholfen. Ganz nebenbei haben Sie den Ermittlungsbehörden die Information vorenthalten, dass Stocker lebt. Da kommt einiges zusammen. Ich denke, wenn wir nicht ganz eng und kooperativ zusammenarbeiten, dann wird ihr Notariatspatent bald wertlos sein. Stellen Sie sich nur vor, dass Herr Niklaus darüber in der Zeitung berichtet. Ich möchte nicht in Ihrer Haut stecken."

Tobler lief rot an und stammelte: „Das können Sie nicht machen. Ich habe Ihnen doch bereitwillig Auskunft gegeben."

„Wenn wir davon ausgehen können, dass Sie uns keine Lügengeschichten aufgetischt haben, dann kann man das so sehen", antwortete sie. „Andernfalls aber werden wir nicht zögern, Sie für Ihr Verhalten bezahlen zu lassen." Sie standen auf. Tobler war das Selbstbewusstsein offenbar wieder abhanden gekommen. Er verabschiedete sich kleinlaut von Ihnen. Lena entging seine feuchte Hand nicht. Im Vorzimmer blieb sie vor der Assistentin stehen und kramte in ihrer Handtasche. Sie hielt der jungen Frau ein Foto von Stocker unter die Nase und fragte: „Kennen Sie diesen Mann?"

„Nein", antwortete sie. „Sollte ich?" Sie schaute unsicher zu Tobler, der im Türrahmen zu seinem Büro stand und unbewegt blieb.

„Ja, immerhin ist er ein Kunde der Kanzlei", antwortete Lena spitz.

„Ich bin erst seit einem halben Jahr hier", sagte das junge Ding erleichtert.

„Und wer war Ihre Vorgängerin?", hakte Lena nach. Es war Tobler, der für sie antwortete: „Es gibt keine Vorgängerin. Bis vor einem halben Jahr habe ich den ganzen Papierkram selber erledigt. Aller Anfang ist schwer, auch für einen selbständigen Notar."

Unten auf der Straße ließ Lena ihrem Ärger freien Lauf. „Dieser schmuddelige Wicht hat uns doch nichts als Lügen aufgetischt."

„Vielleicht hat Stocker das Geld wirklich abgeholt", gab Jan zu bedenken. „Das würde ja auch unsere eigene Theorie stützen."

„Ich kann mir aber auch vorstellen, dass Tobler das Geld nach Stockers Verschwinden eingesackt hat."

„Aber das macht doch keinen Sinn“, entgegnete Jan. „Dieses Geld ist es doch, das es Stocker erlaubt hat, abzutauchen und ein neues Leben zu beginnen. Ich denke eher, dass Tobler ihm die neuen Papiere besorgt hat.“

„Wahrscheinlich hast du recht“, antwortete Lena. „Trotzdem gefällt mir dieser Tobler ganz und gar nicht.“

Sie waren an einer Straßenbahnhaltestelle stehen geblieben. Jan wollte zu Fuß in die Redaktion, Lena so rasch wie möglich zum Bahnhof, um einen Zug vor der Rush Hour in Richtung Biel zu erwischen. Der Abschied fiel ziemlich nüchtern aus. „Ich rufe dich an, sobald sich etwas Neues ergibt.“

Biel, Dienstag, 12. Oktober 2010, 18.00 Uhr

Nachdem Lena ihre beiden Mitarbeiterinnen über die neue Entwicklung im Fall Stocker informiert hatte, besprachen sie die anderen, weniger spektakulären Aufträge. Eleni hatte von einer misstrauischen Ehefrau den Auftrag bekommen, die Kopie eines Adress- und Telefonverzeichnisses ihres Gatten nach möglichen Frauenbeziehungen zu untersuchen. Dann sollte sie einigen selbständigen, ausländischen Prostituierten beim Erstellen des neuerdings vom Arbeitsamt verlangten Businessplans helfen. Sie formulierte also die Ausgangslage der Frauen, ihre Ziele, beschrieb die Strategie, wie diese Ziele erreicht werden konnten und erstellte ein Budget. Dazu berechnete sie die Bruttoumsätze für die Sexarbeit mit Freiern und erstellte die Berufskosten-Liste für Zimmermieten, Clubeintritte, Reizwäsche, Sexspielzeuge, Hygieneartikel, Kondome, Werbung in Zeitungen und einschlägigen Webportalen. Der daraus resultierende Gewinn war der Ansatz für die den ausländischen Damen gegenüber erhobene Quellensteuer. Das Bieler Statthalteramt verwies die Frauen, wenn sie sich anmeldeten, automatisch an die Lenaria GmbH, weil es die Dienstleistung und die Kompetenz der Firma zu schätzen gelernt hatte. Während die Clubbesitzer den Frauen lediglich einen Standard-Businessplan zur Unterschrift vorlegten, besprachen Eleni und Ariane mit jeder Frau ihre individuellen Möglichkeiten und öffneten ihnen nicht selten die Augen für die in der Branche gängigen Abläufe zum Nachteil der

Frauen. Sie klärten sie bei dieser Gelegenheit auch über ihre Rechte und Pflichten auf und boten sich als Ansprechpartner bei Problemen an. Der Statthalter bezahlte ihnen dafür sogar ein bescheidenes Honorar. Daran hatten die Clubbesitzer natürlich wenig Freude, aber sie mussten sich wohl oder übel damit abfinden.

Ariane hatte eine ganz andere Aufgabe zu erledigen: Sie hatte von einer großen Medizinaltechnik-Firma den Auftrag, rund einhundert Frauen, die aus Gründen einer Umstrukturierung ihre Stelle verloren hatten, bei der Stellensuche zu begleiten. Es waren Frauen mit schlechter Ausbildung, ungenügender Sprachkompetenz, zum Teil alleinerziehend und sie hatten alle etwas gemeinsam: Der Verlust der Stelle hatte sie in große Verzweiflung gestürzt. Da die Firma keine Möglichkeit hatte, die Frauen innerhalb des Betriebs weiter zu beschäftigen, hatte sie zu einer ungewöhnlichen Maßnahme gegriffen und die Lenaria GmbH um Hilfe gebeten: Ariane hatte ein umfassendes Care-Management für die Frauen übernommen. Sie war rund um die Uhr für sie da, hatte ein Ohr für ihre Sorgen, organisierte Kinderbetreuung, stellte Bewerbungsunterlagen zusammen, erledigte Telefonate, rief potentielle Arbeitgeber an und begleitete die Frauen zu Vorstellungsgesprächen. Die Firma ließ sich diese Arbeit etwas kosten. Sie bezahlte der Lenaria GmbH pro Tag 2.500 Franken, 2.000 Honorar und 500 Spesen. Vorläufig waren 40 ganze Arbeitstage vereinbart worden, je nach Bedarf konnte der Auftrag verlängert werden. Das war also ein Glücksfall. Lena war sehr zufrieden gewesen, als Ariane ihr von der Anfrage berichtet hatte. Die kleine Firma lief inzwischen gut.

Sie wollte sich gerade in ihre Wohnung, die ein Stockwerk über dem Büro lag, verziehen, da stellte ihr Eleni einen Anruf durch. Lena meldete sich.

„Hier spricht Florian. Wie geht es dir?"

„Oh, das ist aber eine Überraschung. Hallo Florian. Mir geht es ausgezeichnet. Und dir?"

„Ich will mich nicht beklagen", antwortete er. „Der Grund, warum ich anrufe, hat mit Robert Stocker zu tun." Lieber hätte er gesagt: „Weil ich dich unbedingt wiedersehen muss." Aber das traute er sich nicht. Lena hätte gerne gesagt: „Schade, ich hatte gehofft, dass es mit mir zu tun hat." Stattdessen sagte sie: „Das habe ich mir fast gedacht."

„Darf ich dich am Donnerstagabend zum Abendessen einladen?", fragte Florian. „Ich komme selbstverständlich zu dir nach Biel."

„Sehr gern", antwortete Lena schnell. „Treffen wir uns am gleichen Ort wie beim letzten Mal?"

„Ja, das ist mir recht, es war sehr schön dort", antwortete er. Danach folgte eine peinliche Stille.

„Okay, dann sehen wir uns also am Donnerstag", sagte Lena. „Um welche Zeit kannst du in Biel sein?"

„Ich werde um 19 Uhr da sein."

„Ich freue mich sehr", sagte Lena und entschloss sich, ihn diesmal nicht wieder ziehen zu lassen.

„Bis dann also", antwortete Florian. „Tschüss Lena."

„Tschüss Florian", sagte Lena und legte auf. Dass es eigentlich um Stocker ging, hatte sie schon vergessen.

Biel, Donnerstag, 14. Oktober 2010, 19.00 Uhr

Florian Bamert machte ihr offensichtlich den Hof. Er war schon da, als sie im Restaurant eintraf. Sie begrüßten sich mit Küsschen auf die Wange. Er nahm ihr die Jacke ab und rückte ihr den Stuhl zurecht. Sie saßen sich gegenüber und schauten sich an. Lena wurde verlegen und nahm die Speisekarte in die Hand. Da sagte er. „Du siehst umwerfend aus."

„Danke", sagte sie und lächelte ihn an. Dann gab sie sich einen Ruck: „Ich habe mich wirklich sehr gefreut, dass du angerufen hast und heute hier bist."

„Ich wollte eigentlich schon lange anrufen", antwortete er. „Ich denke die ganze Zeit an dich." Jetzt war es raus. Was würde sie von ihm denken? Gleich würde sie ihn auslachen. Aber sie sah ihn mit glänzenden Augen an und sagte leise: „Es geht mir genauso, auch wenn es sich verrückt anhört."

„Warum soll denn das verrückt sein?", fragte er.

„Ich frage mich, warum du ausgerechnet Gefallen an mir findest? Einem Mann wie dir laufen doch die jungen, attraktiven Frauen hinterher!"

„Davon habe ich noch nichts bemerkt", antwortete er lächelnd. „Ich habe übrigens noch nie so eine attraktive Frau wie dich kennen gelernt. Und ich wünsche mir nichts mehr, als dass du mir ein bisschen von deiner Aufmerksamkeit schenkst."

„Aber das tu ich doch", sagte sie und ergriff seine Hand. „Aber ..."

„Aber?", fragte er und runzelte die Stirn: „Bist du

denn in festen Händen oder vielleicht sogar verheiratet?"

„Nein, weder noch", antwortete sie und drückte seine Hand: „Aber was ist, wenn du das allen Frauen sagst?"

„Wenn ich was sage?" Florian schien irritiert.

„Dass sie die attraktivste Frau ist, die dir je begegnet ist. Vielleicht ist das ja nur eine Masche, um einsame Damen rumzukriegen. Du hättest doch leichtes Spiel."

„Lena, das ist doch nicht dein Ernst! Ich war hin und weg von dir, seit dem Augenblick, als ich dich im Sitzungszimmer der Bank zum ersten Mal gesehen habe. Das musst du mir glauben!"

„Und, hast du es deiner Freundin schon gebeichtet?", fragte Lena lächelnd.

„Ich habe keine Freundin. Seit zwei Jahren bin ich solo und sozusagen trocken", antwortete er ebenfalls lächelnd.

„Ein Mann kann doch gar nicht ohne sein, also erzähl mir keine Märchen", meinte sie.

„Es gibt verschiedene Stadien der Trockenheit", gab er schlagfertig zurück. In diesem Augenblick stand der Kellner an ihrem Tisch und erkundigte sich nach ihren Wünschen.

„Bringen sie uns bitte zwei Prosecco zum Apéro", sagte Florian.

„Jetzt sollten wir wohl einen Blick in die Karte werfen", meinte Lena, als der Kellner gegangen war. „Schließlich braucht man zum Leben auch etwas in den Magen."

„Lassen wir es locker angehen. Ich bin schon glücklich, hier mit dir zu sitzen."

„Was magst du am liebsten essen?", fragte Lena.

„Kalbsbratwurst mit Kartoffelstock", antwortete Florian, ohne lange zu überlegen.

„Das werde ich dir kochen, wenn du mich das nächste Mal besuchst", versprach Lena. „Leider steht das nicht in der Karte."

„Dann müssen wir uns heute wohl mit etwas Besserem begnügen", meinte Florian.

Eine halbe Stunde später saßen sie vor vollen Tellern und aßen genussvoll Rehrücken, Rotkraut und Pommes. Zwischen zwei Gabeln Pommes fragte Lena: „Eigentlich hast du mir doch Informationen zu Stocker versprochen. Oder war das nur ein Vorwand, um mich hierher zu locken?"

„Das hätte ich beinahe vergessen", antwortete er. „Gut, dass wenigstens du einen klaren Kopf behältst. Es gibt da tatsächlich etwas, was vielleicht interessant ist."

Er schob sich eine Ladung Rotkraut in den Mund und kaute, während Lena ungeduldig auf die Fortsetzung wartete. Schließlich erzählte er: „Auf zwei Konten von deutschen Kunden, die durch Stockers Anlagestrategie hohe Verluste erlitten hatten, sind in den letzten eineinhalb Jahren auffällig hohe Gewinne aus Börsengeschäften einer Online Handelsplattform namens Saxobank geflossen."

Lena wartete, aber es kam nichts mehr. Deshalb

fragte sie nach: „Ich verstehe nicht ganz. Es ist doch normal, dass an der Börse Geld verdient werden kann. Es werden noch sehr viele andere Kunden Gewinne erzielt haben. Was hat das mit Stocker zu tun? Ich sehe den Zusammenhang nicht, du musst mir helfen."

„Ich habe eine brancheninterne Anfrage bei der Handelsplattform Saxobank gestartet und um Offenlegung dieser Transaktionen gebeten. Als Begründung für mein Interesse habe ich Verdacht auf Geldwäscherei angegeben. Die Gesellschaft hat mir die Kontendetails offengelegt. Ich glaube in diesen Transaktionen die Handschrift von Stocker zu erkennen."

Lena war plötzlich hellwach.

„Wie erkennt man denn die Handschrift eines Börsenmaklers?", fragte sie.

Florian Bamert erklärte Lena die verschiedenen Anlagemöglichkeiten und Risiken an der Börse und machte sie mit unterschiedlichen Strategien zur Geldvermehrung an der Börse vertraut. Er brauchte für seine Skizzen fast die ganze Fläche der papierenen Tischdecke. Manche Dinge waren so kompliziert, dass Lena mehrmals nachfragen musste. Es war deshalb bereits kurz vor 23 Uhr, als Lena überzeugt war, dass Florians Verdacht nicht unbegründet war. Möglicherweise stand hinter den Gewinnen auf diesen beiden Konten Robert Stocker oder zumindest kopierte jemand seine Strategie. Sie fragte Florian nach den Namen der Kunden. Hier aber blockte Florian ab. „Es tut mir leid, aber die Namen dieser Kunden darf ich dir nicht nennen. Damit würde ich das Bankgeheimnis verletzen."

„Aber dann nützt mir die Information nichts", insistierte Lena enttäuscht. „Gibt es denn keine Möglichkeit ..."

„Nein, es gibt keine Ausnahmen", unterbrach er sie. „Nur ein Gerichtsbeschluss kann das Bankgeheimnis außer Kraft setzen. Aber in diesem Fall hast du nichts in der Hand, was die Ermittlungsbehörden aktiv werden ließe."

Das war deutlich. Sie verstand ja seinen Standpunkt, trotzdem ärgerte sie sich ein bisschen. Sie musste das Thema wechseln, um nicht die Stimmung zwischen ihnen zu zerstören.

„Okay, ich danke dir für die Informationen. Ich weiß jetzt, wie Börsengeschäfte ablaufen. Vielleicht finde ich ja einen anderen Weg, an Stockers Kunden heran zu kommen. Jetzt aber ist genug damit. Genießen wir unseren Abend."

„Ja, wir sollten allmählich das Dessert bestellen, denn ich muss schon bald zum Bahnhof", meinte Florian. Aber diesmal ergriff Lena die Chance. Heute würde sie Florian nicht ziehen lassen.

„Wir lassen das Dessert hier aus und nehmen ein viel tolleres Dessert bei mir zu Hause ein", sagte sie und drückte seine Hand. Er lächelte und meinte: „Aber dann verpasse ich meinen Zug."

„Dafür werde ich sorgen", antwortete Lena und rief den Kellner.

Biel, Freitag, 15. Oktober 2010, 07.50 Uhr

Lena lag wach auf der Seite. Florian hielt sie fest in den Armen. Sein Atem ging regelmäßig. Er schlief noch. In ihrem Bauch fühlte Lena die Schmetterlinge tanzen. Sie hatten sich viel Zeit genommen gestern Abend, sich bei Kerzenschein lange geküsst und aneinander gekuschelt. Nach und nach hatten sie die Kleider abgestreift, bis sie ganz nackt waren. Dann hatten sie gegenseitig ganz sanft und zärtlich ihre Körper erkundet. Das waren Gefühle in einer Intensität, wie sie sie schon seit einer Ewigkeit nicht mehr erlebt hatte. Lena war glücklich und gleichzeitig ein bisschen traurig. Denn sie war sich auch bewusst, dass Florian zehn Jahre jünger war als sie. In zehn Jahren, wenn er im besten Alter war und die dreißigjährigen Frauen sich nach ihm verzehren würden, könnte sie voraussichtlich Falten und Hüftröllchen an sich zählen. Aber das war ihr völlig egal. Sie lebte jetzt und heute und würde das Zusammensein mit Florian voll auskosten. Sie war eine attraktive Frau, das wusste sie.

Sie löste sich vorsichtig aus seiner Umarmung und stand auf, um das Frühstück vorzubereiten. Im Morgenmantel begann sie, in der Küche zu hantieren. Als der Kaffeeduft die Wohnung erfüllte, stand Florian in Boxershorts und einem T-Shirt im Türrahmen der Küche und strahlte sie an.

„Du bleibst doch zum Frühstück?", fragte Lena lächelnd und küsste ihn auf den Mund.

„Wenn du mich nicht rauswirfst, gerne“, antwortete er und zog sie an sich.

Florian blieb bis kurz vor 9 Uhr. Dann verabschiedeten sie sich mit einem leidenschaftlichen Kuss und verabredeten sich für Samstag zum Bratwurst-Kartoffelstock-Dinner. Als Florian mit Lena die Treppe herunterkam, trafen sie im Eingang auf Eleni und Ariane, die ihre Überraschung nicht verbergen konnten. Lena stellte sie einander mit Vornamen vor. Kaum war Florian weg, sagte Eleni:

„Wow Lena, ist dieser Adonis der Banker aus Zürich?“

„Ja, das ist er“, antwortete Lena strahlend.

„Und du hast ihn dir ins Bett geholt? Ich fasse es nicht“, meinte Ariane.

„Und warum ist das so unfassbar?“, fragte Lena belustigt.

„Weil das ein absoluter Glücksgriff ist. Ich gratuliere.“

„Warum brauche ich dazu Glück? Bin ich etwa schon zu alt, um noch einen tollen Mann zu kriegen?

„Du doch nicht“, beeilte sich Ariane zu versichern, die wusste, wie man sich als Frau über vierzig fühlte. „Aber er ist so jung, so stramm und so sexy.“

„Du meinst, zu jung für mich? Sag schon, ich erwarte, dass du ehrlich bist.“

„Die Männer mögen junge Frauen. Warum sollten also wir Frauen nicht junge Männer mögen? Und wenn er dich umworben hat, dann bist du nicht zu alt für ihn. Das ist doch das Einzige, was zählt. Genieß es einfach."

Lena schwieg. Was Ariane gesagt hatte, war zwar nett, aber nicht ganz überzeugend. Aber das war ihr im Augenblick egal.

„War er gut? Ich meine, hat er dich glücklich gemacht?", fragte Eleni ganz aufgeregt.

„Sehe ich vielleicht unglücklich aus?", rief Lena und tat empört. Die Frauen brachen in fröhliches Gelächter aus.

„Du musst uns alles über ihn erzählen, wir sind so neidisch", sagte Ariane.

„Vergiss es. Du bist verheiratet. Dein Job ist es, Andreas auf Trab zu halten", entgegnete Lena.

„Eben, das ist es ja", antwortete Ariane. „Ich brauche neue Impulse. Bei uns ist alles so festgefahren."

„Aber die hol dir bitte nicht bei mir. Vielleicht hilft ein Tantra-Seminar oder ein Swingerclub-Besuch."

„Lena, ich bitte dich", protestierte Ariane. „Dafür sind doch Freundinnen da."

„Du meinst, wir sollten uns gemeinsam um Andreas kümmern?", schlug Eleni vor. „Eine erotische Nacht zu viert würde ihm bestimmt gefallen, da bin ich mir fast sicher." Sie prusteten los.

Dann beendete Lena diese Art der Unterhaltung: „Mädels, Schluss jetzt, wir müssen arbeiten. Zuerst kommt die Arbeit, dann das Vergnügen."

Ariane konnte sich eine letzte Bemerkung nicht verkneifen: „Ich würde jede Wette abschließen, dass es bei dir heute Morgen genau umgekehrt war."

Lena ignorierte die Bemerkung und fügte hinzu: „Briefing in fünf Minuten."

Lena, Ariane und Eleni hielten ein Brainstorming ab, um all die Puzzleteile im Fall Stocker zu einem Gesamtbild zusammenzufügen. Aber das wollte nicht so recht gelingen. Nur eines schien so gut wie sicher, auch wenn es immer noch nicht bewiesen war: Stocker war untergetaucht. Die Indizien, die das belegten, waren eindeutig:

- Der Verkauf der Daten-CD, um Geld für die Flucht zu beschaffen
- Toblers Aussage, dass Stocker sein Geld abgeholt habe, nachdem im Fernsehen über sein Verschwinden berichtet worden war
- Stockers „Handschrift" bei Börsengeschäften seiner Kunden im letzten Jahr
- das Fehlen einer Leiche
- und schließlich die Intuition seiner langjährigen Exehefrau

Trotzdem ergab sich kein abschließendes Gesamtbild und Zweifel waren nach wie vor berechtigt. Die Börsengeschäfte konnten auch von jemand anderem getätigt worden sein, der eine ähnliche Anlagestrategie verfolgte. Und Tobler konnte auch gelogen haben, wenn er nämlich nach Stockers Verschwinden die 1.4 Millionen eingesackt hatte. Eigentlich hatten sie nicht viel Verwendbares. Kein Untersuchungsrichter würde aufgrund dieser Indizien ein Verfahren eröffnen. Aber das musste ja auch nicht sein. Sie hatten den Auftrag, den Fall Stocker aufzuklären, nicht die Justiz.

Lena beendete die Sitzung und rief Arianes Mann an, der ihren früheren Posten bei der Polizei übernommen hatte.

„Martinez", meldete sich Andreas. „Was kann ich für dich tun, Lena?"

Sie war überrascht und fragte: „Hallo Andreas. Wieso weißt du, dass ich das bin?"

„Die Vorwahl 032 auf dem Display und die Tatsache, dass du meine direkte Durchwahl hast, lässt kaum einen anderen Schluss zu", antwortete er.

„Aber klar doch, du bist ja Kommissar", antwortete sie lachend. „Ich möchte dich etwas im Zusammenhang mit dem Fall Stocker fragen."

„Das hab ich mir fast gedacht", antwortete er genervt. „Aber es gibt keinen Fall Stocker. Die Sache ist, wie dir inzwischen bekannt sein dürfte, erledigt und abgelegt."

„Da sind wir anderer Ansicht. Wir gehen davon aus, dass Stocker untergetaucht ist. Wir wissen, dass er eine CD mit Bankdaten deutscher Kunden an das Finanzministerium Baden-Württemberg in Stuttgart verkauft hat. Und wir haben die Aussage des Notars, der die Sache für ihn abgewickelt hat, dass Stocker das Geld nach seinem angeblichen Verschwinden bei ihm abgeholt hat. Vielleicht hat dieser Notar aber gelogen, weil er das Geld nach Stockers Tod an sich genommen hatte. Um das auszuschließen, müssten seine Bankkonten überprüft und eine Hausdurchsuchung vorgenommen werden. Würdest du aufgrund dieser neuen Fakten ein Verfahren eröffnen?"

„Lena, das, was du mir erzählst, sind reine Spekulationen. Die Bank hat keine Anzeige gegen Stocker erstattet und der Notar lügt möglicherweise, wie du selber sagst. Gegen wen also soll ich ein Verfahren eröffnen? Gegen die Bank? Dann werden die Deutschen mit hineingezogen und es gibt eine Staatsaffäre, bei der man sich nur die Finger verbrennen kann. Du weißt, wie delikat die Schwarzgeldgeschichte zwischen der Schweiz und Deutschland ist. Und gegen den Notar haben wir nichts in der Hand. Wenn sich tatsächlich herausstellen sollte, dass er das Geld nach Stockers Tod eingesackt hat, dann löst sich deine Theorie sowieso in Luft auf. Nein Lena, deswegen wird niemand seine Karriere aufs Spiel setzen. Da musst du mir schon Beweise vorlegen, dass Stocker lebt. Fotos, Unterschriften, Geldbezüge, DNA, was weiß ich. Es tut mir leid, aber ohne echte Beweise kann ich dir nicht helfen."

„Aber glaubst du denn inzwischen nicht auch, dass etwas dran sein könnte an der Vermutung, dass Stocker mit dem Geld aus dem Verkauf der Daten-CD untergetaucht ist?"

„Ganz ausschließen kann man das nicht", antwortete er. „Aber vielleicht hat bei der Bank jemand Stockers Verschwinden ausgenutzt, um mit seiner Identität Kundendaten an die Deutschen zu verkaufen und Kasse zu machen. Wenn er mit dem Notar gemeinsame Sache gemacht hat, ist das möglicherweise der Grund für seine

Lüge, was das Abholen des Geldes betrifft. Du siehst, Verschwörungstheorien sind immer zur Hand."

Lena war ernüchtert. Sie dachte unweigerlich an Florian. Aber nein, so etwas würde er nie tun. Andererseits wollte er die Namen der Kunden nicht herausrücken. Sie wischte den schlechten Gedanken weg. Aber ihr Enthusiasmus war verflogen. Sie gab auf.

„Wahrscheinlich hast du recht", sagte sie. „Ich muss mich auf handfeste Beweise konzentrieren. Trotzdem vielen Dank." Sie verabschiedete sich und rief sofort danach ihren ehemaligen Kollegen Höller an. Er war erfreut, von ihr zu hören. Auch ihm schilderte sie ihre Indizien im Zusammenhang mit dem Fall Stocker. Doch auch Höller riet ihr, sich nicht auf Spekulationen einzulassen. Im Gegensatz zu Martinez neigte er aber aufgrund der neuen Aspekte auch dazu, dass Stocker möglicherweise irgendwo in Saus und Braus lebte. Dann legte Höller ein Geständnis ab: „Du musst wissen Lena, dass auch ich mit Kapitalanlagen bei der Bank, bei der Stocker gearbeitet hatte, große Verluste hinnehmen musste. Das Recht steht nicht auf der Seite der Geprellten. Den Bankern kann man selten etwas anhaben. Im schlimmsten Fall werden sie entlassen. Aber eigentlich sollte man sie nicht entlassen, sondern sie dazu zwingen können, das verlorene Geld wieder zu erwirtschaften."

„Die Welt ist einfach ungerecht", stellte Lena trocken fest.

„Ja, das ist sie. Aber genau diese Tatsache ist unser Brot", antwortete Höller.

„Leider ja. Manchmal ist es zum Verzweifeln", meinte sie.

„Dafür bleibt zum Glück keine Zeit", sagte Höller. „Ich muss leider zu einem Briefing. Neuer Fall."

Sie verabschiedeten sich. Lena dachte an den Satz, den Höller gesagt hatte: Aber eigentlich sollte man sie nicht entlassen, sondern sie dazu zwingen können, das verlorene Geld wieder zu erwirtschaften. War das vielleicht der Schlüssel? Hatte sich Stocker womöglich mit ein paar Geschädigten zusammengetan und – aus welchem Grund auch immer – versucht, unter neuer Identität das verlorene Geld wieder zu gewinnen? Sollte sie Florian anrufen und ihn noch einmal um die Kundendaten bitten? Nein, das wollte sie nicht. Sie musste endlich lernen, Privates von ihrer Arbeit zu trennen. Aber da war er wieder, dieser nagende Gedanke: Was wäre, wenn Florian die Daten-CD an die Deutschen verkauft hatte? Wenn er sich an Lena rangemacht hatte, um sie auszuhorchen? Sie hasste Martinez dafür, dass er dies laut gedacht hatte und sie jetzt mit dieser Möglichkeit leben musste. Nein, das konnte und durfte nicht sein.

Biel, Freitag, 15. Oktober 2010, 11.30 Uhr

Lena hatte die Idee kurz vor halb zwölf. Sie rief Denis Tobler an.

Die Vorzimmerdame stellte sie durch. Tobler schien keine Freude an Lenas Anruf zu haben, das hörte man an seinem Tonfall.

„Tobler“, meldete er sich grußlos. „Was kann ich denn noch für Sie tun, Frau Bellmann?“

„Sie haben die Kopie der Daten-CD“, kam Lena ohne Umschweife zur Sache. „Ich komme heute Nachmittag vorbei und hole sie ab.“

„Ich habe sie nicht hier im Haus. Sie liegt sicher in einem Bankfach“, antwortete er. Der Bluff hatte ins Schwarze getroffen. Tobler hatte nicht einmal versucht, den Besitz zu leugnen.

„Dann holen Sie sie über Mittag ab. Ich bin um 15 Uhr bei Ihnen.“

„Warum sollte ich Ihnen diese Kopie geben?“, protestierte er.

„Das hatten wir doch schon. Mir geht es nur um Stocker. Ich muss ihn finden. Alles andere interessiert mich nicht. Wenn ich aber dafür die Polizei zu Ihnen schicken muss, dann haben Sie ein Problem. Also, verstehen wir uns?“

Er stimmte brummend zu und Lena sagte:

„Danke, bis dann. Ich habe übrigens nicht gewusst, dass Sie eine Kopie haben.“ Dann legte sie auf.

Denis Tobler ließ den Kopf auf die Tischplatte sinken.

Kurz nach 15 Uhr betrat Lena sein Büro. Er überreichte ihr ohne viel Gerede eine CD. Lena legte sie in ihr Laptop ein und startete sie. Es war tatsächlich eine Liste deutscher Kunden. Alle waren mit Namen, Adressen, Kontonummern und Saldi per 31.12.2007 und 31.12.2008 aufgeführt. Das Dokument war über 140 Seiten stark. Lena war sehr zufrieden.

„Brauchen Sie eine Unterschrift?“, fragte sie.

Tobler reagierte genervt. „Machen Sie sich ruhig lustig über mich. Es war wirklich idiotisch, auf den simplen Trick reinzufallen.“

„Das haben Sie gesagt“, antwortete Lena belustigt.

„Was wollen Sie denn mit der Liste anstellen?“, fragte er.

„Sie wird mich vielleicht zu Stocker führen“, antwortete sie. „Eine Frage habe ich noch.“ Sie kramte aus ihrer Tasche erneut das Foto von Stocker hervor, das sie bereits seiner Assistentin gezeigt hatte. „Es gibt da noch einen zweiten Mann bei der Bank. Kennen Sie ihn?“

Er betrachtete das Foto und lachte: „Wollen Sie mich auf den Arm nehmen? Das ist Stocker.“

„Danke, ich wollte nur sicher sein“, antwortete sie erleichtert.

Biel, Freitag, 15. Oktober 2010, 22.00 Uhr

Zu Hause hatte sie die gesamte Liste ausgedruckt und studiert. Die Liste umfasste mehr als 3.000 Namen deutscher Kunden der Bank, die ihr Geld am Finanzamt vorbei in die Schweiz transferiert hatten. Sie schätzte die Summe aller Guthaben in einer groben Addition 2007 auf rund 1.9 Milliarden Franken beziehungsweise 1.3 Milliarden Euro. 2008 hatten dann viele Kunden offenbar große Verluste hinnehmen müssen. Das interessierte das Finanzministerium in Baden-Württemberg wahrscheinlich wenig. Die Steuereintreiber freuten sich auf zusätzliche Einnahmen von mehreren Hundert Millionen Euro zuzüglich der voraussichtlich saftigen Bußen. Das könnte für Herrn Meyer in Stuttgart einen Karrieresprung nach ganz oben bedeuten. Verständlich, dass sich die Deutschen diese Daten etwas kosten ließen. Da Lena aber die Saldi per 31.12.2009 nicht kannte, vermochte sie nicht festzustellen, wer von den Kunden im vergangenen Jahr ihre Vermögen wesentlich vergrößern konnten. Aus diesem Grund entschloss sie sich, trotz ihrer guten Vorsätze, Florian anzurufen.

„Schön, dass du anrufst", sagte er. „Ich habe dich schon vermisst."

„Es geht mir genauso. Ich kann es kaum erwarten, dich morgen Abend in meine Arme zu nehmen."

„Ich auch", sagte Florian.

„Florian, ich möchte dich um etwas bitten." Lena versuchte, ihr Anliegen vorzubringen. „Ich habe heute vom Notar, der für Stocker den Verkauf der Kundendaten mit den Deutschen abgewickelt hatte, eine Kopie dieser Datenlisten erhalten. Ich habe jetzt also die beiden Kunden, die du mir nicht nennen konntest, auf dieser Liste."

„Dann ist ja alles perfekt", meinte Florian. Er schien nicht zu verstehen.

„Es stehen über 3.000 Namen auf der Liste", erklärte sie. „Aber auf der Liste sind nur die Saldi zum Jahresabschluss 2008 vermerkt. Wer von ihnen dazugewonnen hat, ist daraus nicht ersichtlich. Aber die beiden müssen dabei sein."

„Ich verstehe, du willst, dass ich mir die Liste ansehe", sagte Florian. „Du bist dir bewusst, in welche Lage du mich damit bringst?"

Lena bemerkte, dass eine gewisse Enttäuschung in Florians Stimme mitschwang.

„Ja, verzeih mir, dass ich dich damit in Verlegenheit bringe. Das war dumm von mir. Ich muss endlich lernen, meine Arbeit aus meinem Privatleben herauszuhalten", versuchte sie rasch zu beschwichtigen. Florian unterbrach sie: „Schon gut, vergiss es. Ich mach's."

„Danke. Wir sehen uns morgen. Ich freue mich auf dich. Dann schlaf gut und träum etwas Schönes", wünschte Lena ihm.

„Das werde ich. Und ich weiß auch schon genau, was es sein wird."

Biel, Samstag, 16. Oktober 2010, 10.00 Uhr

Am Samstagmorgen schaute Jenny in der verwaisten Agentur vorbei. Sie traf Lena im Büro an, wo sie eine Liste studierte.

„Du schaltest wohl nie ab? Heute ist Samstag, Shopping-Tag. Ich brauche ein Paar Schuhe, eine neue Tasche, einen neuen Duft und ich dachte, vielleicht hättest du auch Lust. Bist du dabei?“

Lena lachte und legte ihre Liste neben den PC.

„Hallo Jenny, ich denke das lässt sich einrichten. Aber lass uns erst einen Kaffee trinken.“

Lena kochte italienischen Kaffee in der Gusskanne auf, den ihre Tochter so liebte. Als sie vor ihren heißen und herrlichen Kaffeeduft verströmenden Tassen saßen, fragte Jenny unvermittelt: „Mum, du siehst so glücklich aus, verträgst du dich wieder mit Jan?“

„Nein … ja doch, wir sind Freunde“, stammelte Lena, die nicht so recht wusste, wie viel sie ihrer Tochter erzählen wollte. „Aber es gibt jetzt einen anderen Mann in meinem Leben.“

„Na komm schon, erzähl. Ich will alles wissen. Ist es ein reicher, älterer Herr?“

Lena stutzte und fragte ungehalten: „Warum sollte es denn ein reicher alter Herr sein?“

„Weil das viele Frauen in deinem Alter machen. Sie werden auf Händen getragen und bekommen alles, was sie wollen. Was will man mehr?“, meinte Jenny.

„Nein, du liegst falsch. Florian ist zehn Jahre jünger als ich.“

Jenny, die gerade die Tasse zum Mund führte, stutzte.

„Hast du ihn übers Internet kennen gelernt?"

„Nein, stell dir vor: Deine Mutter braucht das nicht. Ich habe ihn bei einer Besprechung in Zürich getroffen. Er ist Anlageberater bei einer Großbank."

„Und ihr seid richtig zusammen? Ich meine du hast schon mit ihm ..." Bevor Jenny es aussprechen konnte, sagte Lena: „Ja, er hat schon hier geschlafen und wird es heute Abend auch wieder tun. Ist das für dich in Ordnung?"

„Sorry Mum, ich hab's nicht so gemeint. Du kannst tun und lassen, was du willst und es geht mich auch überhaupt nichts an."

„Das ist aber schön, dass wir uns darüber einig sind", sagte Lena.

„Wirst du ihn mir bald vorstellen?", fragte Jenny.

„Natürlich wirst du Florian kennen lernen, wenn die Zeit reif ist."

„Was heißt denn das nun wieder? Ich bleibe einfach so lange hier, bis dein Florian aufkreuzt."

„Nein, das wirst du nicht", antwortete Lena genervt.

„Warum denn nicht? Ich werde ihm schon nicht den Kopf verdrehen", antwortete Jenny.

Lena fand diese Bemerkung nicht witzig. Sie sagte etwas gereizter als sie wollte: „Weil er noch gar nicht weiß, dass ich eine Tochter habe und dass diese Tochter bereits erwachsen ist und eigentlich eher in sein Beuteschema passen könnte."

Jenny spürte, dass sie delikates Terrain betreten hatte. „Du hast ein Problem damit, dass du älter bist als er, stimmt's?"

„Es wird vielleicht irgendwann einmal ein Problem sein", antwortete Lena.

„Lass es einfach geschehen und genieß den Augenblick", meinte Jenny. „Mir geht es übrigens ähnlich. Mein neuer Freund ist fast zehn Jahre älter als ich."

„Was? Du hast einen neuen Freund und sagst mir nichts?", tat Lena empört.

„Deshalb bin ich doch hier", antwortete sie. „Er heißt Ramon und ist in meiner Klasse an der Pädagogischen Hochschule."

„Warum sitzt er denn in deiner Klasse, wenn er fast zehn Jahre älter ist als du?", fragte Lena.

„Ramon ist ein Quereinsteiger. Er hat vorher als Landschaftsgärtner gearbeitet."

„Du weißt, was das bedeutet, wenn deiner zehn Jahre älter und meiner zehn Jahre jünger ist?", fragte Lena.

„Ja, unsere Freunde sind ungefähr gleich alt."

„Darauf müssen wir anstoßen", sagte Lena und stand auf, um eine Flasche Prosecco aus dem Kühlschrank zu holen.

Biel, Sonntag, 17. Oktober 2010, 09.00 Uhr

Als Lena am Sonntagmorgen die Augen aufschlug, war das Bett neben ihr leer. Aber es roch herrlich nach Kaffee. Florian war dabei, das Frühstück vorzubereiten. Es war ein sehr schöner Abend gewesen gestern. Sie hatte Florians Lieblingsgericht zubereitet: Bratwurst mit Kartoffelstock. Danach hatten sie sich bis in die frühen Morgenstunden immer wieder geliebt. Zuerst im Wohnzimmer, danach unter der Dusche und im Bett. Lena genoss die wohltuende Ermattung, die sich in ihrem ganzen Körper ausgebreitet hatte. Florian tat ihr gut. Plötzlich wurde ihr bewusst, dass sie noch nie von seinem Zuhause gesprochen hatten.

Während des Frühstücks saß sie auf seinem Schoß. Sie rieben ihre Nasen aneinander, schoben sich gegenseitig Marmeladen-Brote in den Mund und streichelten einander unter dem Morgenmantel.

„Wo wohnst du eigentlich?", fragte Lena und biss in sein Ohrläppchen. Seine Hand an ihrer Brust erstarrte. Lena merkte, dass sie einen wunden Punkt getroffen hatte.

„Das ist so eine Sache", antwortete er sichtlich verlegen. „Ich wohne bei meiner Mutter."

Lena hob die Augenbrauen und zog es vor, nichts zu sagen. Er versuchte zu erklären: „Vor knapp zehn Jahren ist mein Vater gestorben. Er war Anwalt. Wir wohnten in einer schönen Villa am Zürichberg. Meine Mutter hat eine sehr schwere Zeit durchgemacht. Da meine Schwester als Diplomatin im Ausland ist, habe ich den Auszug von zu Hause immer wieder aufgeschoben. Irgendwie habe ich dann den richtigen Zeitpunkt verpasst. Aber du musst wissen, Lena, meine Mutter ist eine sehr tolerante Frau. Ich genieße wirklich jede Freiheit. Darum bin ich wohl auch geblieben."

„Bist du denn nie über längere Zeit mit einer Frau zusammen gewesen?"

„Nein, ich hatte einige Affären, aber nichts Ernstes. Die richtige Frau ist erst letzte Woche in mein Leben getreten." Er küsste sie.

Lena lächelte ein bisschen gequält. Florian war das nicht entgangen. „Was denkst du jetzt? Dass ich ein Muttersöhnchen bin?"

„Das weiß ich noch nicht", antwortete sie. „Macht sie dir die Wäsche, bügelt sie deine Hemden?"

„Ja, das tut sie", antwortete er lächelnd.

„Gibt sie dir einen Gute-Nacht-Kuss, wenn du im Bett liegst?"

„Nein, tut sie nicht."

„Werde ich bei dir schlafen dürfen?"

„Aber natürlich. Ich kann tun und lassen, was ich will."

„Weiß sie schon von mir?"

„Nein, noch nicht."

„Und warum nicht?"

„Es hat sich noch nicht ergeben."

„Vielleicht bist du dir noch nicht sicher?"

„Doch, das bin ich mir. Du bist die Frau, auf die ich gewartet habe", entgegnete Florian. „Jetzt drehen wir aber den Spieß um. Was weiß ich denn eigentlich von dir? Warst du schon mal verheiratet?“

„Ja, vor über zwanzig Jahren. Aber nur kurze Zeit.“

„Was ist schief gelaufen?“

„Ich war zu jung. Es hat nicht gehalten.“

„Glück für mich“, sagte Florian lächelnd.

„Florian, ich habe eine Tochter aus dieser Ehe. Sie ist zwanzig geworden dieses Jahr.“

Jetzt war er es, der die Augenbrauen hob. „Wie heißt sie?“

„Jenny. Sie ist eine tolle junge Frau.“

„Wie könnte es anders sein, bei dieser Mutter.“

„Was möchtest du noch wissen?“, fragte Lena.

„Ist sie hübsch?“

Lena kniff ihn in den Arm und antwortete: „Sie kommt ganz nach mir.“

„Das bringt mich jetzt aber ziemlich durcheinander“, neckte er sie.

„Das sollte mich wahrscheinlich schon beunruhigen“, antwortete Lena. „Denn ihr Freund ist in deinem Alter.“

„Das sollte es unbedingt“, antwortete er. „Denn Männer in meinem Alter stehen voll im Saft.“

Er hob sie hoch und trug sie ins Schlafzimmer hinüber, wo er sie sanft aufs Bett legte und den Gürtel ihres Bademantels öffnete.

Kurz vor Mittag war Florian gegangen. „Ich lasse dich jetzt an deinem Fall arbeiten“, hatte er gesagt.

„Wahrscheinlich musst du zum Mittagessen nach

Hause", hatte Lena gedacht. Aber gesagt hatte sie es nicht. Sie hätte eigentlich gerne den ganzen Sonntag mit ihm verbracht. Aber da stand offenbar eine Mutter dazwischen. Sie wusste nicht so recht, was sie davon halten sollte.

Ein bisschen enttäuscht brachte sie ihre Küche in Ordnung und unternahm danach einen Spaziergang zum See. Einerseits fühlte sie sich allein, andererseits waren die Gefühle für Florian fast noch stärker, wenn er nicht anwesend war. Sie setzte sich auf eine Bank und ließ ihren Blick über den See schweifen. Lena genoss die herbstliche Sonne und noch viel mehr die innere Wärme, die sie so glücklich machte. Jedes Mal, wenn ein Paar Händchen haltend oder eng umschlungen an der Bank vorbei ging, lächelte sie ihm zu. Sie wusste jetzt ganz genau, wie sich das anfühlte, ein Paar zu sein.

Gegen 15 Uhr war sie zurück in ihrem Haus. Sie trank Kaffee und setzte sich dann an ihren PC. Zufällig glitt ihr Blick über die Liste, die sie zur Seite gelegt hatte, als Jenny sie gestern besucht hatte. Auf dem obersten Blatt waren zwei Namen mit einem gelben Marker angestrichen. Sie nahm das Blatt zur Hand und war plötzlich ganz aufgeregt. Das mussten sie sein, die beiden Kunden, die sie gesucht hatte. Florian hatte offenbar vor dem Frühstück bereits gearbeitet.

Sie schrieb ihm zwei SMS:
privat: ich liebe dich!
arbeit: ich danke dir!

Dritter Teil

Bundesautobahn B81, Montag, 18. Oktober 2010, 10.30 Uhr

Lena hatte Jan noch am Sonntagnachmittag angerufen und ihn über die neusten Erkenntnisse informiert. Sie hatten beschlossen, bereits am Montag nach Eningen bei Reutlingen zu reisen, wo die beiden Kunden lebten, und sie überraschend aufzusuchen. Wie sie ihren Besuch begründen wollten, das war ihnen noch nicht klar.

Jetzt waren sie unterwegs auf der Bundesautobahn zwischen Singen und Stuttgart. Lena hatte ihren Volvo dem Firmenwagen von Jan, einem Honda Jazz, vorgezogen. Diese Journalistenautos taugten ihrer Ansicht nach nur für Einsätze innerhalb der Stadt. Bei Rottenburg verließ Lena die Autobahn und fuhr auf der Landstraße nach Tübingen und von dort nach Reutlingen. Sie hatten keine Mühe, die Abzweigung nach Eningen unter Achalm zu finden. Schließlich erreichten sie nach gut dreieinhalb Stunden Fahrt die Kleinstadt. Linkerhand fiel ihnen das Hotel Eninger Hof auf. Hier war schon mal eine Übernachtungsmöglichkeit vorhanden. Jan hatte die Karte mit den Adressen der beiden Kunden ausgedruckt. Sie mussten nicht lange suchen. Beide Häuser lagen im Ortsteil „Neue Siedlung“. Sie bogen von der Reutlingerstraße links ab und fuhren an einem EDEKA und einem Fahrrad-Geschäft vorbei über die Wengenstraße Richtung Grieshaber-Halle.

Die Häuser in der „Neuen Siedlung“ waren eher alt,

aber stilvoll und von üppigen Gärten umgeben. Sie entschieden sich zuerst den Kunden namens Schluchter aufzusuchen und standen kurz darauf vor einem schmucken Haus mit einem kleinen Vorgarten. Auf ihr Klingeln mussten sie lange warten. Eine ältere Dame öffnete die Tür und sagte bei ihrem Anblick abweisend: „Mir kaufet nix!"

Lena setzte alles auf eine Karte. „Wir sind Freunde von Robert Stocker."

Die Frau wurde weiß im Gesicht und fragte trotzig: „Ond wer soll des sei?"

„Frau Schluchter, Sie enttäuschen mich", antwortete Lena. „Ich sehe Ihnen doch an, dass Sie Robert Stocker kennen. Das ist übrigens Herr Niklaus, Journalist bei der größten Schweizer Boulevardzeitung."

Frau Schluchter versuchte, die Türe zu schließen, doch Jan hielt seinen Fuß dazwischen und sagte lauter als nötig, so dass es auch ein aufmerksamer Nachbar hätte hören können: „Wir wissen von Ihrem illegalen Schweizer Bankkonto, mit dem Sie Steuern hinterziehen. Und Robert Stocker war Ihr Bankberater, bis er einen großen Teil Ihres Geldes verzockte. Also wollen Sie vielleicht jetzt mit uns reden?"

Die Frau machte die Türe frei und ließ sie eintreten. Aber nur bis in die Diele. Sie schien ihren Schrecken überwunden zu haben, denn sie war jetzt richtig wütend. „I kenn zwar onsern Anleger in Zürich, aber der hoißt net Stocker, sondern Bamert. Ond onser Konto isch längscht aufgfloga, weil jemand aus der saubern Schweizer Bank ons ond viele andre ans

Finanzminischterium verrota hat. Wir händ Poscht aus Stuttgart kriagt – derweil der Bamert fascht onsre ganze Ersparnisse verspielt hot. Also – was wollet Se no hier? Bei ons isch nix mehr zu hola. Wenn Se net auf der Stell verschwindat, ruaf i d' Polizei."

Lena wurde übel. Sie verstand die Welt nicht mehr. Verzweifelt suchte sie in ihrer Tasche nach dem Foto von Robert Stocker. Aber sie hatte es zu Hause vergessen.

„Wir werden Ihre Aussage überprüfen. Sie hören von uns", sagte Lena und zog Jan mit sich aus der Tür. Schnellen Schrittes ging sie voran zum Auto und atmete tief durch.

„Was ist denn mit dir los?", fragte Jan irritiert.

„Nichts. Ich blöde Kuh habe das Foto von Stocker zu Hause liegen lassen", antwortete sie. „Lass uns ein Hotel nehmen. Ich rufe dann Eleni an, dass sie mir das Bild faxt."

„Ich habe aber eigentlich nicht damit gerechnet, dass wir hier übernachten", protestierte Jan.

„Genau so ging es mir beim letzten Ausflug nach Stuttgart auch. Hatte ich eine Wahl?", entgegnete sie und fuhr los. „Im Übrigen müssen wir auch noch mit Herrn Schluchter und den zweiten Kunden, diesen Preuss', sprechen."

„Wenn die unter einer Decke stecken sollten, dann sprechen die sich jetzt untereinander ab", warf Jan ein.

„Na und?", entgegnete Lena gereizt. „ Jedenfalls haben wir sie aufgescheucht. Fällt dir etwas Besseres ein?"

Jan zog es vor zu schweigen.

Sie fuhren in den Ortskern und setzten sich ins Kaffee Mayer, um erst mal nachzudenken. Lena rührte in einer Tasse Cappuccino und Jan trank zwei Espressi. Sie sprachen nicht viel. „Nehmen wir uns erst mal zwei Zimmer im Hotel da unten an der Hauptstraße", sagte Lena schließlich. Jan nickte und sie gingen zurück zum Wagen. Im Eninger Hof buchten sie zwei preiswerte Einzelzimmer. In der Schweiz konnte man von solchen Preisen nur träumen. Lena bezog ihr Zimmer und rief Eleni an. Diese versprach, ihr das Bild sofort ins Hotel zu faxen. Dann rief Lena Florian in der Bank an.

„Hallo Schatz", flüsterte Florian Bamert. „Warum rufst du hier an? Wir wollen doch Arbeit und Privates trennen." Er klang aber eher erfreut als befremdet.

„Glaub mir, das würde ich auch nicht, wenn es nicht um die Arbeit ginge. Aber leider tut es das. Du musst mir eine Frage ehrlich beantworten. Bist du der Kundenberater der Schluchters gewesen?"

„Ja, beide Ehepaare, die Schluchters und die Preuss' waren meine Kunden."

Lena atmete einmal tief durch, bevor sie fragte: „Dann hast du ihr Geld falsch angelegt?"

„Nein, Lena. Ich war zwar ihr Ansprechpartner, aber Stocker hat die Anlagen getätigt. Wir haben uns die Aufgaben geteilt. Das ganze Team hat sich auf seine Strategie verlassen. Er war der Mann im Hintergrund."

Lena wusste nicht, was sie davon halten sollte. „Und warum hast du mir nichts davon erzählt?"

„Weil daran nichts falsch war. Außerdem bin ich

nach wie vor der Meinung, dass es besser ist, Privates und Arbeit strikt zu trennen."

Es war still in der Leitung. Sie konnte die Hintergrundgeräusche in Florians Büro hören.

„Ich danke dir trotzdem für die Auskunft. Das ist sehr wichtig für mich", sagte sie.

„Wann besuchst du mich?"

Diese Frage hatte sie nicht erwartet. Jedenfalls nicht jetzt. „Bei dir zu Hause?", fragte sie.

„Ja, ich möchte dich meiner Mutter vorstellen", antwortete er.

„Ich melde mich, sobald ich aus Deutschland zurück bin."

Nach dem Telefonat mit Florian ging sie hinunter zur Rezeption und holte das Bild, das Eleni inzwischen gefaxt hatte. Danach holte sie Jan aus seinem Zimmer ab und fuhr mit ihm noch einmal zum Haus Schluchter. Diesmal öffnete Herr Schluchter.

„Was wollet Se denn schon wiedr? Hot mei Frau Ihne net deutlich gnug gsagt, dass mr d'Polizei ruafet?", legte er gleich los.

„Ich möchte Ihnen nur ein Foto zeigen, Herr Schluchter", versuchte Lena ihn zu besänftigen. „Kennen Sie diesen Mann?"

Er warf einen kurzen Blick darauf und sagte: „Noi. Den hab i noch nie g'sehn."

„Würden Sie Ihre Frau rufen, damit sie sich das Bild auch ansieht? Dann lassen wir Sie in Ruhe, versprochen", bat Lena freundlich. Er drehte den Kopf und rief ihren Vornamen. Aber sie war schon da. Bestimmt hatte sie hinter der Türe gelauscht. Lena zeigte ihr das Bild. Die Frau brummte: „Den hab i noch nie g'sehn."

„Des war's dann wohl", sagte der Mann und machte sich daran, die Tür zu schließen.

„Ja, danke, wir wünschen Ihnen einen schönen Abend."

Aber die Tür war bereits zu.

Im Auto fragte Jan: „Was hat das jetzt gebracht? Sie haben doch bereits gesagt, dass nicht dieser Stocker ihr Berater war."

„Ich wollte bloß auf Nummer sicher gehen", antwortete Lena. „Jetzt lade ich dich zum Abendessen ein."

Sie wählten ein Wild-Menü und waren überrascht, wie lecker das Essen schmeckte und wie freundlich sie bedient wurden. Ganz zu schweigen vom Preis. In der Schweiz hätten sie dafür glatt das Doppelte bezahlt. Mit dem Wein waren sie dieses Mal etwas zurückhaltender. Da Lena inzwischen verliebt war, brauchte sie auch keine „Urlaubsbekanntschaft" mehr. Sie war froh, dass auch Jan keine Anstalten machte, das Abenteuer von Stuttgart wiederholen zu wollen. Mit Küschen wünschten sie sich im Korridor gute Nacht und verschwanden ganz brav in ihre eigenen Zimmer.

Eningen, Dienstag, 19. Oktober 2010, 09.30 Uhr

Am nächsten Morgen standen sie vor einem ähnlich schmucken Haus und klingelten. Es war Frau Preuss, die öffnete. Anders als Frau Schluchter schien sie sehr freundlich und bat sie herein. Lena stellte Jan und sich vor. Auch das schien Frau Preuss nicht im Geringsten zu erschüttern. Darum redete Lena auch nicht lange um den heißen Brei herum: „Wir wissen von Ihrem Konto in der Schweiz und uns ist auch bekannt, dass Ihre Kontendaten nach Stuttgart verkauft worden sind. Der Mann, der Ihre Ersparnisse verspekuliert und danach Ihre Daten verraten hat, ist verschwunden. Die Polizei geht von Suizid aus, wir sehen das aber anders."

Frau Preuss unterbrach sie. „Der Herr Bamert isch tot? Ond Se glaubet, der isch umbrocht worde?"

„Nein, Frau Preuss", sagte Lena, die innerlich zusammenzuckte, weil von Florians Tod die Rede war. „Wir denken, dass sich der Anlageberater eine neue Identität zugelegt hat und untergetaucht ist."

„I versteh schon: Der hot de Kontendaten verkauft ond isch dann über alle Berg."

„Zumindest fassen wir das als Möglichkeit ins Auge", antwortete Lena und zeigte ihr das Foto: „Kennen Sie diesen Mann?"

„Tut mir leid, den kenn i net", meinte Frau Preuss und fügte lächelnd hinzu:

„Der isch au gar net mei Typ. Wer soll des denn sei?"

„Der Mann heißt Robert Stocker", antwortete

Lena. „Er ist der Mann, der die fatalen Geldanlagen getätigt hat."

„Aber des war doch der Bamert! Der hot ons die Anlaga aufgschwätzt!", entgegnete sie.

„Auf Rat von Herrn Stocker. Er war der Stratege im Hintergrund", erklärte Lena.

„Wer isch denn jetzt verschwonda von denne Herren?", wollte Frau Preuss wissen.

„Herr Stocker ist die Person, die wir suchen", antwortete Lena.

„Sei's drom. So schlecht war dem seine Strategie gar net. Isch lang gut ganga. Wir machet des jetzt genauso."

Lena und Jan tauschten vielsagende Blicke. Das war auch Frau Preuss nicht entgangen. „Kommet Se. I zeig Ihne was", sagte sie und führte sie in eine Art Arbeitszimmer. Dort zeigte sie ihnen einen Bildschirm, auf dem die Online-Handelsplattform einer gewissen Saxobank aufgeschaltet war. Dazu erklärte sie stolz: „Mir händ ons mit'm andern Paar aus'm Ort z'samme do, Schluchter hoißet die, ond mir händ ons weitergebildet, was Börse ond so betrifft. Ond jetzt versuchet mir gemeinsam, des nausgschmissne Geld wieder nei zukriage – durch Transaktionen. Drbei hän mir ons genau auf die Strategie verlasse, die d'meischte Banka wählet, aber mir hän drauf g'achtet, dass mir möglischt wenig Risiko eigehet. Des braucht natürlich sei Zeit, bis mir wieder auf'n grüna Zweig kommt. Aber mir send z'frieda so wie's lauft. Ond mir zählet dabei natürlich auf'd Frankenstärke."

Lena und Jan waren beeindruckt. Sie wussten nicht so recht, was sie nun sagen sollten. Also räumten sie das Feld. Sie dankten Frau Preuss und verabschiedeten sich.

Im Auto meinte Jan: „Was hältst du davon?"

„Was soll ich dazu sagen?", meinte sie.

„Zum Beispiel, dass das ein tolles Theater war", entgegnete Jan. „Die haben genau gewusst, worauf wir aus sind. Das hörte sich an wie einstudiert."

„Du meinst, die haben sich abgesprochen und uns ins Leere laufen lassen, indem sie uns die Antworten lieferten, bevor wir fragen konnten?"

„Ja, genau", sagte Jan. „Die hat uns ganz schön vorgeführt."

„Stimmt, den Eindruck hatte ich auch", sagte Lena und startete den Motor. „Was nun?"

„Wir fahren nach Hause, was denn sonst?"

„Ja, aber wenn sie uns etwas vormachen, dann steckt doch auch etwas dahinter", protestierte Lena.

„Schon möglich", antwortete Jan. „Das ist sogar ziemlich wahrscheinlich. Aber hier kommen wir nicht weiter. Wir müssen zurück zum Ausgangspunkt. Und der ist in Zürich."

„Okay, einverstanden. Wir fahren nach Hause", meinte Lena. Dann aber lenkte sie den Wagen in eine Parklücke und löste den Sicherheitsgurt. „Hier ist eine Buchhandlung. Ich brauche ein paar Bücher über Börsengeschäfte. Bin gleich zurück", sagte sie und stieg aus.

Die kleine Buchhandlung hieß „Litera". Lena wurde von einer Frau bedient, die gleichzeitig die Besitzerin zu sein schien. Sie hatte nur zwei Bücher über Börsengeschäfte mit den Titeln „Options and Futures" und „Hedgefonds" vorrätig. Lena kaufte beide und verabschiedete sich.

Wenige Schritte später war sie wieder beim Wagen. Offensichtlich war Jan während ihrer kurzen Abwesenheit eingenickt. Lena klopfte ans Beifahrerfenster. Jan schreckte hoch und öffnete die Tür. Er schaute sie benommen an.

„Sorry. Ich wollte dich nicht erschrecken. Kannst du fahren?", bat sie ihn. „Ich möchte mich weiterbilden."

Biel, Dienstag, 19. Oktober 2010, 16.30 Uhr

Als Lena kurz nach 16 Uhr zurückkam, war nur noch Eleni anwesend. Sie rief Ariane an und bat sie, zur Besprechung zu kommen. Da Ariane im Zusammenhang mit ihrem anderen Auftrag nur kurz beim Arbeitsamt gewesen war, stand sie bereits nach wenigen Minuten in Lenas Büro.

Diese hatte inzwischen eine ganze Reihe von Fragen auf dem Flipchart notiert:

- Warum soll sich Stocker umgebracht haben, wenn er die CD verkauft hat?
- Hat er aber das Geld wirklich abgeholt oder lügt Tobler?
- Wo hält sich Stocker auf?
- Will er nur Gras über die Sache wachsen lassen?
- Ist er verunglückt?
- Ist er einem Verbrechen zum Opfer gefallen? Hat ein Geschädigter ihn umgebracht?
- Wurde er entführt?
- Hat wirklich Stocker die CD verkauft?
- Hatte er nach der Kündigung überhaupt noch Zugriff auf das EDV-System?
- Erzählt Florian Bamert die Wahrheit?
- Hat er womöglich Stocker beseitigt? Aber wa - rum?
- Ist Tobler mehr als nur der Geldkurier?
- Hat er etwas mit Stockers Verschwinden zu tun?
- Wissen Stockers Söhne mehr als ihre Mutter?
- Ehepaare Schluchter und Preuss: Kennen sie

Tobler wirklich nicht?

- Warum haben sie die Antworten geliefert, bevor ich die Fragen stellen konnte?
- Kann man als Laie erfolgreich an der Börse handeln?
- Was steckt hinter dem Verschwinden von Robert Stocker?

Lena erläuterte ihren beiden Mitarbeiterinnen eine Frage nach der anderen. Sie erzählte alles, was sie dazu wusste. Eleni und Ariane hörten zu und machten sich Notizen. Es war eine Abmachung zwischen ihnen, dass die Person, die die Fragen kommentierte, nicht unterbrochen werden durfte. Anmerkungen, Ergänzungen, Zusatzfragen waren für eine zweite Runde, Ideen und Entscheidungen für die abschließende dritte Runde vorgesehen. Lena hatte mit dieser Arbeitstechnik gute Erfahrungen gemacht und sie deshalb als verbindlich eingeführt. In einer zweiten Gesprächsrunde beantwortete Lena die Zusatzfragen, die sich Eleni und Ariane aufgeschrieben hatten und nahm Ergänzungen entgegen, Details, die sie vergessen hatte. Während der dritten Runde einigte man sich darauf, dass vier Fragen geklärt werden mussten, damit man endlich einen Schritt weiter kam:

- Hat Robert Stocker das Geld wirklich abgeholt oder lügt Tobler?
- Sagt Florian Bamert die Wahrheit?
- Warum antworten die beiden Ehepaare auf Fragen, die gar nicht gestellt wurden?
- Wissen Stockers Söhne mehr als ihre Mutter?

Ariane bemerkte, dass Lena vor allem die offene Frage im Zusammenhang mit Florian Bamert zu schaffen machte. Deshalb schlug sie vor: „Wenn es dir recht ist Lena, dann rede ich mit Florian Bamert. Das belastet sonst euer Privatleben. Ich gehe davon aus, dass diese Befragung dazu dient, die letzten Zweifel auszuräumen, damit kein Schatten zurückbleibt."

„Genau das ist meine Hoffnung", sagte Lena. „Was ist aber, wenn dem nicht so ist?"

„Darum ist besser, wenn ich ihn befrage", antwortete Ariane. „Ich bin völlig unvoreingenommen."

„Ich danke dir, Ariane", seufzte Lena. „Dieses Gespräch würde mir wirklich schwer fallen. Ich übernehme die beiden Söhne von Robert Stocker. Und du, Eleni, würdest du dich bitte um Tobler kümmern? Strafregistereinträge, versteuertes Einkommen, Leumund, öffentliche Auftritte, militärischer Rang, Hobbys, Ausbildung, Vereine, Freundin, Vorlieben, Gerüchte, einfach alles, was du über diesen Herrn finden kannst. Und achte ganz speziell darauf, ob sich Tobler und Stocker schon früher mal begegnet sein könnten. Das bedeutet, du musst die gleichen Fragen auch zu Stockers Person klären." Und nach kurzem Zögern fügte sie hinzu: „Und das ganze Prozedere auch mit Florian Bamert bitte. Du kriegst die Überstunden selbstverständlich ausbezahlt."

Sie erklärte die Sitzung für beendet.

„Und die beiden Ehepaare? Wer macht das?", fragte Ariane nach.

„Die lassen wir im Moment in Ruhe. Ich möchte

zuerst die Ergebnisse der anderen Ermittlungen abwarten."

„Alles klar, ich wünsche einen schönen Abend", sagte Ariane und stand auf.

„Erledige das Gespräch mit Florian bitte so schnell wie möglich", wandte sich Lena noch einmal an sie. „Ich brauche Klarheit."

„Versprochen", sagte Ariane und drückte Lena an sich.

Als sie allein war, fühlte sie eine große Leere in sich. Wie gerne hätte sie Florian angerufen und sich für den Besuch bei ihm zu Hause angemeldet. Aber sie wollte zuerst sicher sein, dass nichts, aber auch gar nichts zwischen ihnen stand.

Zürich, Mittwoch, 20. Oktober 2010, 09.00 Uhr

Ariane hatte Florian gleich nach der Sitzung angerufen. Sie hatte ihm erklärt, dass Lena noch in Deutschland unterwegs sei. Darum wende sie sich an ihn, um noch einige offene Fragen zu klären.

Florian hatte sich sehr kooperativ gezeigt und ihr angeboten, dass er sie am nächsten Morgen in Zürich gerne als „Kundin" empfangen würde. Er hatte auch offen erklärt, dass es für ihn viel einfacher sei, mit Ariane über die Geschichte Stocker zu reden als mit Lena.

Also saß sie jetzt mit Florian in einem kleinen Sitzungszimmer am Paradeplatz und eröffnete das Gespräch, das sie während der Fahrt im Intercity vorbereitet hatte.

„Kannst du mir Robert Stocker kurz charakterisieren?"

„Robert war brillant in seinem Beruf, er hatte großen Erfolg, bis zur Pleite der Lehman-Brothers jedenfalls. Als Mensch war er eher schwierig. Ich würde ihn sogar als selbstsüchtig beschreiben, narzisstisch vielleicht. Kritikfähigkeit war ganz bestimmt keine seiner Stärken."

„Kannst du dir vorstellen, dass er sich umgebracht hat?", fragte Ariane.

„Ehrlich gesagt, nein. Das kann ich mir nicht vorstellen", antwortete er, ohne zu zögern.

„Hatte er Feinde, die so weit gegangen wären, ihn umzubringen?"

„Heutzutage weiß man das nie. Tatsache ist, dass er

viele Leute um ihr Erspartes gebracht hat. Ob da solche darunter waren, die zu einem Mord fähig sind, entzieht sich meiner Kenntnis."

„Gab es Drohungen?"

„Er hat jedenfalls nie welche erwähnt."

„Traust du ihm zu, dass er untergetaucht ist und eine neue Identität angenommen hat?"

„Das traue ich ihm durchaus zu", antwortete Florian. „Er ist schlau genug, so etwas zu planen und durchzuziehen."

„Auch, dass er dafür seine Familie opfert?"

„Seine Frau hat sich scheiden lassen. Er fühlte sich ihr deswegen nicht mehr verpflichtet."

„Aber er hat zwei Söhne", gab Ariane zu bedenken.

„Das habe ich gar nicht gewusst. Er hat sie nie erwähnt", sagte Florian überrascht.

„Hatte er eine Freundin?"

„Ich glaube nicht. Er hat jedenfalls nie eine erwähnt. Er ist eher der Typ, der zu Prostituierten geht."

Sie beschloss, nicht nachzufragen. Stattdessen hielt sie sich an ihren Katalog.

„Wurde er sofort entlassen, als die Verluste beziffert werden konnten?"

„Nein. Zuerst stand er gar nicht im Fokus der Schuldfrage. Die ganze Abteilung stand am Pranger. Wir haben ja all unseren Kunden Stockers Anlage-Strategie empfohlen. Das war eine beschissene Zeit. Dann, nach ein paar Wochen, hat die obere Etage ihn zum Hauptschuldigen erklärt. Er war quasi das Bauernopfer."

„Wie viel Zeit ist denn vergangen von dem Bekanntwerden der detaillierten Verluste bis zu seiner Entlassung?“, wollte Ariane wissen.

„Ungefähr drei Monate“, antwortete Florian. „Wenn du es genau wissen willst, kann ich dir die Daten mailen.“

„Nicht nötig, danke“, entgegnete Ariane. „Es ging mir nur um den groben Zeitraum. Hat sich denn Stocker nicht gegen seine Entlassung gewehrt?“

„Er hat es zumindest versucht. Aber offenbar haben sie ihm mit einer Anzeige gedroht. Das wollte Robert dann doch nicht riskieren. Er hat schließlich mitbekommen, wie solche Prozesse meistens ausgehen. Wer sich mit einer weltweiten Finanzmacht anlegt, zieht meist den Kürzeren.“

„Und dann hat er, als Rache quasi und um seinen Abgang zu versilbern, die Kundendaten an die Deutschen verkauft?“, wollte Ariane wissen.

„So sieht es aus“, antwortete er.

„Und das konnte er einfach so?“, forschte Ariane weiter. „Brauchte er dazu keine Hilfe? Er war doch zu diesem Zeitpunkt, also nach seiner Entlassung, bestimmt frei gestellt und hatte keine Möglichkeit mehr, an Kundendaten ranzukommen!“

„Das ist richtig. Ich weiß auch, was du und Lena vermuten“, antwortete er ruhig. „Und ich verstehe sogar, dass ihr das annehmen müsst. Aber ich gebe euch mein Ehrenwort, dass ich ihm nicht geholfen habe.“

„Und wie hat er es dann geschafft? War es jemand anderes aus dem Team, der ihm dabei geholfen hat?“

„Nein, wir wären sofort aufgeflogen. Nach Stockers Entlassung rechneten auch die Chefs mit einem Racheakt. Also hat man uns besonders auf die Finger geschaut."

„Wie aber hat er es trotzdem geschafft?"

„Es gibt nur eine Erklärung dafür: Er hat sie lange vorher, gleich nach dem Jahresabschluss 2008 kopiert und damit für den Ernstfall vorgesorgt. Stocker war nicht dumm. Die Lehman-Pleite war ja Tatsache. Nur die konkreten Auswirkungen für unser Institut und unsere Kunden zeigten sich erst Ende des Jahres. Stocker hat den Schaden im Voraus abschätzen können."

„Kennst du einen Denis Tobler?", fragte Ariane und beobachtete ihn genau.

„Nein, der Name sagt mir gar nichts", antwortete Florian. „Sollte ich ihn kennen?"

„Ist er womöglich ein Kunde der Bank?"

Er zögerte. Dann sagte er: „Einen Moment bitte", und startete den PC, der im Besprechungszimmer stand. Es dauerte ungefähr eine Minute, bis er verkündete: „Ja, ein Denis Tobler, Notar, ist Kunde bei uns."

„Kannst du überprüfen, ob dieser Denis Tobler Ende März 2009 eine Summe von 19.000 Franken auf sein Konto einbezahlt hat?"

„Das darf ich dir nicht sagen. Damit verletze ich das Bankgeheimnis." Während er das sagte, hantierte er aber weiter am PC herum.

„Das wäre aber eine äußerst wichtige Information, die mehrere Leute definitiv entlasten und uns einen großen Schritt weiter bringen würde", bat Ariane.

Florian hatte offenbar gefunden, was er suchte. Er schaute Ariane an und nickte.

„Hat er?", fragte sie.

Florian nickte ein zweites Mal.

Ariane stand auf und sagte lächelnd: „Das wäre dann alles. Ich danke dir."

Biel, Mittwoch, 20. Oktober 2010, 09.00 Uhr

Während Ariane im Zug nach Zürich ihren Fragenkatalog erstellte, empfing Lena die beiden Söhne von Robert Stocker in ihrem Büro. Eleni war als Protokollführerin mit dabei.

Lena dankte ihnen, dass sie sich so kurzfristig zu diesem Gespräch bereit erklärt hatten. Sie hatten beide ihre Arbeitgeber um ihr Einverständnis bitten müssen, das sie aber angesichts der besonderen Umstände auch ohne Weiteres erhalten hatten.

Der Jüngere der beiden, Luca, war 24 Jahre alt, der Ältere, Alex, 27 Jahre alt. Lena fragte: „Würden Sie es bevorzugen, wenn wir Sie einzeln befragen würden?"

Beide verneinten.

„Können Sie uns zum Verschwinden Ihres Vaters etwas sagen, was Sie bisher, aus welchen Gründen auch immer, verschwiegen haben?"

Beide verneinten erneut.

„Hatte er sich vor seinem Verschwinden verändert? Oder hat er sich Ihnen gegenüber anders verhalten?"

Luca sagte nur: „Nein, er war wie immer."

Alex meinte: „Ich habe ihn ja kaum gesehen."

„Hat er Ihnen ungewöhnliche Geschenke gemacht kurz vor seinem Verschwinden?"

Beide lachten und verneinten.

„Warum lachen Sie?"

„Man musste froh sein, wenn er unseren Geburtstag nicht vergaß", sagte Luca.

„Und er gab uns dann einfach Geld", ergänzte Alex.

„Vermissen Sie ihren Vater?“, wollte Lena wissen.

Luca antwortete: „Ja, schon.“

Alex sagte: „Nein, überhaupt nicht.“

„Warum denn nicht?“, hakte Lena nach.

„Auch wenn er da war, war er nicht da.“

„Ich verstehe“, sagte sie. „Wie würden Sie Ihren Vater charakterisieren?“

Diesmal war es Alex, der zuerst antwortete: „Er ist ein Egoist, berechnend und auf eine Art skrupellos. Ich kann mir gut vorstellen, dass er sich abgesetzt und überhaupt kein Problem damit hat, uns im Ungewissen zu lassen.“

„Ja, auch seine Freundin hat er ja ohne Nachricht sitzen lassen“, ergänzte Luca.

Lena fragte überrascht: „Ihr Vater hatte eine Freundin?“

„Ja, seit etwa zwei Jahren“, sagte Alex. „Eine Deutsche.“

„Mutter weiß nichts davon. Wir haben ihr nichts gesagt“, ergänzte Luca.

„Und warum haben Sie ihr das verschwiegen?“

„Weil sie sich sonst aufregt“, antwortete Luca.

„Sie sagen, es sei eine Deutsche. Lebt sie denn auch in Deutschland?“

„Nein, sie wohnt in Zürich“, gab Luca bereitwillig Auskunft.

„Und wie ist ihr Name?“, fragte Lena gespannt.

„Ramona Marthaler“, sagte Alex.

„Marthaler? Das klingt aber nicht unbedingt nach einer Deutschen“, warf Lena ein.

„Sie war schon mal verheiratet mit einem Schweizer", erklärte er.

„Und Sie kennen die Frau?"

„Kennen ist zu viel gesagt", meinte Luca. „Wir haben sie zweimal mit ihm getroffen."

„Und wie war sie so?"

„Ganz nett eigentlich", sagte Luca und Alex ergänzte lächelnd: „Eine Deutsche eben."

„Und warum hat sich Frau Marthaler denn nicht gemeldet, nach seinem Verschwinden?"

„Sie hat uns ein paarmal angerufen, um sich zu erkundigen, ob wir etwas Neues wissen."

„Und Sie sind ganz sicher, dass sie nicht mit Ihrem Vater untergetaucht ist?"

„Ja, sie war völlig verzweifelt am Anfang", sagte Luca. „Ich habe sie sogar einmal besucht, um sie zu trösten."

Lena fragte: „Darf ich Frau Marthaler Ihrer Mutter gegenüber erwähnen?"

Die beiden Brüder schauten sich an und nickten. „Wenn es unbedingt nötig ist", meinte Alex.

„Ich denke, dass Ihr Vater lebt und dass wir ihn früher oder später finden werden. Aber das wird nicht einfach werden, für Sie und für ihn, denke ich."

Sie zuckten wortlos mit den Schultern. Lena beendete das Gespräch und entließ die Brüder.

Als sie mit Eleni allein war, sagte sie: „Eine Freundin, das ist ja ein vielversprechender neuer Aspekt. Suchst Du mir bitte die Adresse dieser Ramona Marthaler heraus? Ich möchte ihr noch heute einen Besuch abstatten."

Zürich, Mittwoch, 20. Oktober 2010, 19.00 Uhr

Lena war in Albisrieden auf der Suche nach dem Haus, in dem Ramona Marthaler wohnte. Eleni hatte ihre Adresse und ihre Mobiltelefonnummer ausfindig gemacht und Lena telefonisch angemeldet. Ramona Marthaler hatte erklärt, dass sie kurz vor 19 Uhr zu Hause sein würde. Lena war gut gelaunt, denn sie hatte kurz vor Mittag auch einen Anruf von Ariane erhalten, die ihr versicherte, dass Florian sich weitgehend hatte entlasten können und auch nach Arianes Bauchgefühl sauber sei. Danach hatte Lena ihn während der Mittagspause angerufen und gefragt, ob sie ihn heute Abend um 20 Uhr besuchen dürfte. Er war sehr erfreut und hatte ihr angeboten, sie am Central mit der Straßenbahn abzuholen.

Lena klingelte bei Marthaler. In der Gegensprechanlage meldete sich eine Frauenstimme: „Ja?“

„Hier ist Lena Bellmann. Wir sind verabredet.“

Die Tür surrte. Lena trat ein und nahm den Aufzug zum dritten Geschoss. Ramona Marthaler erwartete sie an der Tür. Sie führte sie ins Wohnzimmer, wo bereits ein Kännchen mit heißem Kaffee bereitstand.

„Ich habe angenommen, dass Sie mit größter Wahrscheinlichkeit eine Kaffeetrinkerin sind. Stimmt's?“

„Stimmt genau“, antwortete Lena und setzte sich in den Sessel, den ihr Ramona Marthaler anbot.

„Sie wollen mich im Zusammenhang mit dem Tod meines Freundes Robert Stocker sprechen“, sagte sie. „Ich bin sehr gespannt.“

„Frau Marthaler", eröffnete Lena die Befragung. „Haben Sie mal an die Möglichkeit gedacht, dass Robert Stocker sich eine neue Identität verschafft haben und untergetaucht sein könnte?"

Sie schien perplex und stammelte: „Nein, er hat sich doch umgebracht. Seine Söhne haben mir von dem Abschiedsbrief erzählt. Sein Auto wurde gefunden. Und im Fernsehen haben sie über den Selbstmord berichtet. Soweit mir bekannt ist, hat die Polizei den Fall für abgeschlossen erklärt. Sonst hätte er sich doch bei mir gemeldet."

„Es gibt da etwas, was Sie nicht wissen, Ramona. Ich darf Sie doch Ramona nennen?"

„Ja natürlich, aber wovon reden Sie?"

„Er hat vor seinem Verschwinden eine CD mit Kundendaten an die deutschen Steuerbehörden verkauft. Dafür hat er über eine Million kassiert. Warum hätte er sich also umbringen sollen?"

„Woher haben Sie diese Information?", fragte sie irritiert.

„Das kann ich Ihnen nicht sagen, aber es ist die Wahrheit."

„Was wissen Sie noch?"

„Nichts Genaues. Aber wir gehen davon aus, dass Robert Stocker lebt."

„Das glaube ich nicht!"

„Warum haben Sie sich nicht bei der Polizei gemeldet, nach seinem Verschwinden?", fragte Lena.

„Unsere Beziehung war nicht öffentlich. Außer seinen Söhnen hat niemand davon gewusst."

„Warum hielten Sie Ihre Beziehung geheim?“

„Es war Roberts Wunsch.“

„Und Sie haben sich nicht daran gestört?“

„Doch, natürlich, aber ich wollte ihn nicht verlieren. Mit ihm konnte ich Dinge erleben, die ich mir sonst nie hätte leisten können.“

Lena betrachtete die Frau. Sie war zwar auf ihre Art attraktiv, aber als schön würde sie Ramona nicht bezeichnen. Was hatte Robert Stocker in ihr gesehen?

„Na ja, wie auch immer. Das ist es, was ich Ihnen sagen wollte“, schloss Lena das Gespräch. Sie trank die Tasse aus und erhob sich. Ramona Marthaler war sichtlich erschüttert. Sie begleitete Lena zur Tür und reichte ihr die Hand. Ihr Händedruck war schlaff. „Es tut mir leid, wenn ich Ihnen damit Schmerz bereiten musste“, entschuldigte sich Lena. „Aber als ich von Luca und Alex hörte, dass Robert Stocker eine Freundin hatte, fühlte ich mich verpflichtet, Ihnen das persönlich zu sagen.“

„Das ist sehr freundlich von Ihnen“, antwortete Ramona Marthaler mit einem schwachen Lächeln. „Ich werde auch das überleben.“

Zürich, Mittwoch, 20. Oktober 2010, 20.00 Uhr

Lena war ziemlich beeindruckt von dem Haus am Zürichberg, als sie Hand in Hand auf dem Kiesweg, der die halbrunde Auffahrt bildete, auf das von zwei Säulen getragene Vordach über der massiven Eingangstüre zuschritten. Die Kiesel knirschten unter ihren Sohlen. Als Florian die Klinke berührte, setzte sich die Türe wie von Geisterhand in Bewegung und gab den Eingang in die Vorhalle frei. Lena kam sich vor wie im Film. Vor ihnen führte eine geschwungene Treppe in den ersten Stock, rechts gelangte man über die Schwelle einer offenen Flügeltüre in den Salon. In diesem Durchgang erwartete sie eine weißhaarige, großgewachsene und attraktive Dame. Sie breitete die Arme aus und hieß Lena herzlich willkommen, indem sie sie an sich drückte. Lena war ein bisschen erleichtert, dass diese Frau auch ihre Mutter hätte sein können. Ihr Gesicht strahlte trotz des Alters eine sympathische Jugendlichkeit aus, ihre Augen hatten einen warmen Glanz. Auch Frau Bamert hatte offensichtlich einen ähnlich positiven ersten Eindruck von Lena, denn es war unschwer zu erkennen, dass sich die Frauen auf den ersten Blick mochten. Florian fiel ein riesiger Stein vom Herzen.

Florians Mutter hatte ein einfaches Abendessen zubereitet. Dazu tranken sie ein Glas Rotwein. Sie unterhielten sich ungezwungen über alltägliche Dinge, kamen auf die Bank zu sprechen, ohne aber das Thema Robert Stocker anzusprechen, und äußerten sich mit

Besorgnis über den Zustand der heutigen Gesellschaft. Dabei stellten sie weitgehende Übereinstimmung fest. Lena half Frau Bamert beim Abräumen des Tisches. Die Küche wollte die Dame aber erst am nächsten Morgen aufräumen. Nach dem Kaffee verabschiedete sie sich mit den Worten: „Ich ziehe mich jetzt zurück und überlasse euch das Wohnzimmer. Es hat mich sehr gefreut, dass ich Sie kennen lernen durfte, liebe Lena. Sie sind eine reizende Person. Jetzt verstehe ich, warum Florian in den letzten Wochen so von der Rolle ist." Lena wusste nicht, was sie antworten sollte. Florian bemerkte ihre Verlegenheit und sprang ein: „Also bitte Mutter, du machst Lena ja ganz verlegen." Frau Bamert lächelte, drückte Lenas Unterarm und sagte: „Dann schlaft beide gut. Vielleicht sehe ich euch ja zum Frühstück." Damit war sie weg. Lena stellte zufrieden fest, dass Florians Mutter wirklich die tolerante Frau war, die er ihr beschrieben hatte. Keine Spur von Eifersucht, keine Angst davor, dass eine fremde Frau ihr den Sohn wegnehmen könnte. Florian schien ihre Gedanken zu erraten: „Was hab ich dir gesagt?", meinte er lächelnd. „Der Hinweis auf das Frühstück ist übrigens als Aufforderung zu verstehen! Sie hat uns grünes Licht gegeben."

Lena schlang die Arme um seinen Hals: „Worauf warten wir dann noch?", sagte sie. „Dann zeig mir mal dein Schlafzimmer."

Biel, Donnerstag, 21. Oktober 2010, 14.00 Uhr

Nach ihrer Rückkehr aus Zürich hatte Lena Frau Stocker angerufen und sich mit ihr in der Agentur verabredet.

Frau Stocker war auf die Minute pünktlich um 14 Uhr erschienen. Lena bat sie Platz zu nehmen und kam gleich zur Sache: „Frau Stocker, sagt Ihnen der Name Ramona Marthaler etwas?"

„Nein, sollte es?", fragte Frau Stocker. „Wer ist das?"

„Frau Marthaler war die Freundin Ihres Exmannes in den Monaten vor seinem Verschwinden."

„Ach, er hatte also doch eine", antwortete sie halblaut. „Vielleicht waren es auch mehrere."

„Zumindest behandelte er die Beziehung sehr diskret", ergänzte Lena.

„Was meinen Sie mit diskret?", wollte Frau Stocker wissen.

„Er vermied es offenbar, die Frau in der Öffentlichkeit zu präsentieren."

„Warum?"

„Vielleicht war sie ja wirklich nicht die einzige Frau in seinem Leben", antwortete Lena.

„Wohnt sie in Biel?", fragte Frau Stocker.

„Nein, sie lebt in Zürich. Ich habe sie gestern aufgesucht."

„Wie sind Sie auf diese Frau Marthaler gestoßen?"

Lena war in der Zwickmühle. Sie entschied sich, nicht ganz offen zu sein: „Ein Arbeitskollege bei der Bank hat uns darauf hingewiesen."

„Und wie hat sie es aufgenommen?“, fragte Frau Stocker.

„Dass wir sie entdeckt haben?“, fragte Lena nach.

„Nein, dass er verschwunden ist“, antwortete Frau Stocker.

„Sie schien mir ziemlich verzweifelt“, berichtete Lena. „Er hat sie einfach sitzenlassen.“

„Dann weiß sie also auch nichts über Roberts Verschwinden?“, fragte sie resigniert.

„Nein, sie konnte mir nichts berichten, was wir nicht schon lange wissen. Ich hatte eher den Eindruck, dass er sie gar nicht so richtig teilhaben ließ an seinem Leben.“

„Das erstaunt mich überhaupt nicht“, warf Frau Stocker ein. „So ist er immer gewesen. Und jetzt macht er sich bestimmt über alle lustig, die sich seinetwegen Sorgen machen oder ihn vermissen.“

Dann raffte sich Frau Stocker auf und fragte: „Wie kommen Sie voran?“

„Ich muss Ihre Hoffnungen auf eine schnelle Aufklärung etwas dämpfen, Frau Stocker“, antwortete Lena und wählte ihre Worte sorgfältig aus. „Im Mo - ment gehen wir zahlreichen Indizien nach, die dafür sprechen, dass Robert Stocker tatsächlich untergetaucht ist. Aber das braucht Zeit und führt uns immer wieder vorübergehend in die eine oder andere Sackgasse. Ich muss Sie deshalb darum bitten, sich in Geduld zu üben. Aber ich kann Ihnen versprechen, dass wir alles daransetzen werden, ihn zu finden. Vielleicht stellt sich im schlimmsten Fall am Schluss doch heraus, dass er sich das Leben genommen hat. Damit müssen wir nach wie vor rechnen. Allerdings hätten Sie dann Gewissheit und könnten für sich damit abschließen. Wir alle, die an der Sache dran sind, gehen inzwischen jedoch davon aus, dass wir keine Leiche finden werden. Wir sind uns sicher, dass wir früher oder später einen völlig überrumpelten Mann mit seinen Lügengeschichten konfrontieren können."

Frau Stocker lächelte und sagte: „Das ist eine sehr angenehme Vorstellung. Ich danke Ihnen von ganzem Herzen, dass Sie und Ihr Team sich so ins Zeug legen für mich. Ich hatte den Eindruck, der Polizei sei das alles egal gewesen."

Biel, Donnerstag, 21. Oktober 2010, 17.00 Uhr

An der abendlichen Sitzung war per Skype auch Jan aus Zürich zugeschaltet. Er drängte auf eine erste Veröffentlichung. Sein Chefredakteur wollte, dass sie endlich etwas bringen konnten für das bereits bezahlte Geld. Das war verständlich, aber so weit waren sie noch nicht. Zuerst mussten sie Stocker finden. Sie besprachen erneut alle Fakten und Indizien und erwogen eine bisher nicht zur Diskussion gestandene Variante: Hatte womöglich die Bank Stocker eliminieren lassen? Aber warum sollte sie das tun? Hierzulande machen Banken sowas nicht. Oder hatte sich doch ein geschädigter Kunde an Stocker gerächt? Lena fragte die anderen: „Was glaubt ihr? Ist Stocker tot oder lebt er?“ Die Antwort war einstimmig. Auch Jan teilte die Meinung: Robert Stocker wurde nicht ermordet. Er lebt.

„Dann müssen wir ihn jetzt einfach finden“, stellte Lena trocken fest.

„Das müssen wir definitiv. Sonst kriege ich in der Redaktion ein echtes Problem“, bekräftigte Jan Lenas Aussage. „Der Chefredakteur macht mächtig Druck.“

Lena war sich der schwierigen Lage bewusst. „Ich schlage vor, dass wir den Fall bis Montag ruhen lassen. Wir brauchen ein bisschen Abstand. Dann aber machen wir mit Vollgas weiter. Und wir setzen uns ein Ziel: Bis Ende des Monats ist der Durchbruch geschafft. Dazu aber brauche ich all eure Kraft. Deshalb gibt es Hausaufgaben übers Wochenende: Macht euch Gedanken darüber, wie weiter vorzugehen ist, wer noch nicht von uns befragt wurde, welche Aspekte und Details wir übersehen haben könnten, was wir möglicherweise falsch gewichtet haben. Fragt euch, wie ihr selber es anstellen würdet, wenn ihr untertauchen müsstet. Vielleicht bringt uns das neue Impulse. Stocker kann sich nicht einfach in Luft aufgelöst haben. Wir treffen uns dann um 8 Uhr hier. Du bist auch eingeladen, Jan."

Biel, Montag, 25. Oktober 2010, 08.00 Uhr

Lena hatte Kaffee gemacht und Florian Croissants eingekauft. Er hatte sich jedoch, kurz bevor die anderen eingetroffen waren, verabschiedet. Er wollte um 9 Uhr in Zürich sein. Lena und Florian hatten ihr erstes gemeinsames Wochenende in vollen Zügen genossen. Entsprechend aufgekratzt begrüßte Lena Jan, der persönlich gekommen war und am Tor zur Einfahrt ausgerechnet mit Florian zusammen traf.

„Ist das dein Neuer?", fragte er Lena, kaum war er eingetreten.

„Ja, das war Florian, mein Freund", antwortete sie.

„Oh, verstehe." Jan schien leicht pikiert zu sein. „Ich dachte, ich mache einen Witz. Aber ich habe wohl ins Schwarze getroffen, nicht zu fassen."

„Was ist nicht zu fassen?", wollte Lena wissen. „Dass ich einen Freund habe?"

„Nein, nein, ist schon in Ordnung. Ich dachte nur, er sei vielleicht der Sohn deiner Nachbarn."

„Lass das, ja", antwortete Lena mit einer Schärfe, die selbst ihr fremd war. „Das geht dich überhaupt nichts an."

Er hob nur abwehrend die Hände. „Beruhige dich. Ich hab kein Problem damit. Ich frage mich nur, wie lange das schon geht."

Lena hatte verstanden, worauf er hinaus wollte. Sie antwortete: „Es hat erst nach unserer ersten Reise nach Stuttgart angefangen. Damit ist das geklärt und in Zukunft kein Thema mehr."

In diesem Moment kamen Ariane und Eleni herein und die Sache war erledigt.

Lena begrüßte ihre Mitarbeiterinnen und bat sie am Sitzungstisch Platz zu nehmen. Den Strauß mit den roten Rosen schob sie ans Tischende, damit die Sicht zwischen ihnen frei war.

„Rote Rosen? Die können nur von Florian sein", sagte Ariane neidisch. „Andreas hat mir schon seit Ewigkeiten keine Rosen mehr geschenkt."

„Ich habe in meinem ganzen Leben überhaupt noch nie von einem Mann Rosen geschenkt bekommen", beklagte sich Eleni.

Jan hüstelte und meinte mit einem Anflug von Bitterkeit in der Stimme: „Ich werde euch beiden gern einen Strauß Rosen schenken, wenn das gegen den allgemeinen Weltschmerz hilft."

„Das ist nicht das Gleiche", antworteten sie wie aus einem Mund.

Jan senkte den Blick und nahm seine Kaffeetasse. Lena beeilte sich, die Sitzung zu eröffnen.

„Ich habe euch ja Hausaufgaben erteilt und hoffe, dass ihr fleißig und vor allem kreativ gewesen seid. Hat jemand von euch eine Idee, wie wir in der Sache Robert Stocker vorankommen?"

Jan räusperte sich und sagte: „Wir haben noch längst nicht mit allen Leuten gesprochen. Neben diesem Bamert gibt es doch auch noch andere Arbeitskollegen in der Abteilung, die mit Stocker zusammen gearbeitet und ihn vielleicht auch privat gekannt haben. Das übernehme ich."

Lena hob die Augenbrauen und stöhnte. „Oh, Jan, ich glaube nicht, dass das eine gute Idee ist." Alle schauten sie überrascht an. Ariane kam Jan zu Hilfe: „Ich verstehe nicht ganz, die Idee ist doch gut", wandte sie ein. „Wir müssen unbedingt mit denen reden!"

„Was hast du dagegen?", protestierte Jan. „Es war vereinbart, dass ich bei den Ermittlungen dabei bin."

„Die Befragungen sind eine gute Idee, Jan", antwortete Lena. „Aber du bist der Falsche dafür. Das wird eine attraktive Frau wie Ariane übernehmen."

„Das ist nicht dein Ernst, Lena!", antwortete Jan verärgert. „Du glaubst doch nicht etwa, dass ihr diese Leute mit weiblichem Charme um den Finger wickeln könnt. Jedenfalls nicht vor dem Morgen danach."

„Ich bitte dich", entgegnete Lena wütend. „Was sollen diese Macho-Sprüche?"

„Lena, um aus diesen Bankern etwas herauszubekommen, braucht es ein bisschen Druck. Und diesen Druck kann ich als Journalist problemlos ausüben."

„Jan, ich muss dir etwas sagen", erklärte Lena. „Du hast doch vor ein paar Minuten draußen am Tor Florian kennen gelernt. Sein Nachname ist Bamert."

Jan brauchte ein paar Sekunden, bis er kapierte: „Du hast dich in einen von denen verknallt?" Die Frage war mehr eine Feststellung. Er lachte gequält. „Alles klar. Ich überlass euch das." Jan schwieg und stopfte sich ein halbes Croissant in den Mund. Eleni rettete die Situation: „Ramona Marthaler hat sicher auch noch einiges zu erzählen. Und wir sollten auch ihr Umfeld näher anschauen."

Lena war dankbar, dass Eleni das Gespräch in eine andere Richtung gelenkt hatte. „Genau. Ramona Marthaler arbeitet in einer Boutique. Wir befragen ihre Chefin."

Dann wandte sie sich an Jan, der mit gesenktem Blick da saß: „Ich habe eine Bitte an dich, Jan", sagte sie. „Durchforste die Online-Archive nach ähnlichen Geschichten von vorgetäuschten Selbstmorden. Vergleiche die Motive und die Vorgehensweise und berichte uns von den Fehlern, die sie begangen haben und die dazu führten, dass man sie schließlich ausfindig machen konnte. Vielleicht hat Robert Stocker ein Vorbild."

Jan nickte. Es war ihm ein bisschen peinlich, dass er nicht von sich aus auf die Idee gekommen war.

„Hat noch jemand eine weitere Idee?", fragte Lena.

„Wir sollten uns ja noch überlegen, wie wir selber es anstellen würden, wenn wir uns absetzen wollten", meldete sich Ariane zu Wort. „Nur bin ich nicht in so einer komfortablen Lage wie Stocker. Ich habe keinen Zugang zu interessanten Daten, die das nötige Fluchtgeld einbringen würden. Mit dem Geld dürfte es auch kein Problem sein, eine neue Identität zu kaufen und sich durch einige chirurgische Korrekturen ein neues Gesicht zu verschaffen. Es wird nicht einfach sein, Robert Stocker zu finden."

„Ich konnte mir auch keine Flucht vorstellen, bei der ich keine Spuren hinterlassen würde", warf Eleni ein. „Offenbar hat Stocker das sehr clever angestellt."

„Ich habe mir stundenlang den Kopf darüber zerbrochen und bin auf keine Variante gestoßen, die wirklich erfolgversprechend ist“, meinte Lena. „Robert Stocker hatte aber eine andere Ausgangslage. Mit seinen Kenntnissen und seiner Skrupellosigkeit haben sich ihm Möglichkeiten eröffnet, die uns ehrlichen Gemütern gar nicht in den Sinn kämen oder die wir zumindest nicht in Betracht ziehen würden.“

Alle richteten ihre Blicke auf Jan, der sich als Einziger noch nicht geäußert hatte. Er wusste nicht, was er dazu sagen sollte.

„Keine Ahnung“, meinte er schließlich. „Ich würde mich wohl ins nächste Flugzeug setzen, nach Kolumbien fliegen und mich dort den FARQ-Rebellen anschließen. Ausweise und Kreditkarten würde ich auf dem Fußmarsch in den Dschungel alle wegschmeißen und mich fortan Fidel nennen.“

Biel, Montag, 25. Oktober 2010, 14.00 Uhr

Lena und Jan waren mit dem Zug nach Zürich gefahren. Sie hatten kaum miteinander gesprochen. Und wenn, dann nur über den Fall. Jan war vom Bahnhof aus direkt in die Redaktion gefahren. Lena hatte das Geschäft aufgesucht, in dem Ramona Marthaler arbeitete. Es lag in der Altstadt am rechten Limmatufer. Das Viertel hieß Niederdorf. Früher hatte es einen schlechten Ruf gehabt, inzwischen war es so etwas wie eine In-Meile für ein buntes Volk von Modefreaks. Es gab hier unter den Dächern und in den Hinterhöfen zahlreiche Ateliers berühmter und weniger berühmter Modedesigner sowie eine Vielzahl von Boutiquen und Läden mit allerlei schrägen und teuren Klamotten. In einem dieser Läden verkaufte Ramona Marthaler Kleider an gut betuchte Frauen vom Zürichberg und der sogenannten Goldküste am See.

Lena ging die Gasse auf und ab und blieb mehrmals vor dem Schaufenster stehen, um in den Laden zu spähen. Sie stellte mit Erleichterung fest, dass Ramona Marthaler offenbar frei hatte. Lena gab sich einen Ruck und trat ein. Scheinbar interessiert betrachtete sie die Kleider an den Ständern. Die attraktive Verkäuferin, die etwa in Lenas Alter war, sprach sie an und erkundigte sich nach ihren Wünschen. Lena stellte sich vor und fragte nach Ramona Marthaler.

„Ramona hat sich krank gemeldet“, sagte die Frau erschrocken. „Ist etwas mit ihr? Hat sie irgendeine Dummheit gemacht?“

„Warum fragen Sie? Macht sie öfters Dummheiten?“

„Nein, sie ist eine sehr gute Verkäuferin“, antwortete die Dame. „Zuverlässig, wortgewandt, sachverständig, charmant. Ramona hat alles, was es für diesen Beruf braucht. Ich frage nur, weil Sie sich als Privatermittlerin vorgestellt haben.“

„Hat Frau Marthaler Ihnen von ihrem Freund erzählt?“

„Ja, das hat sie. Er hat sich umgebracht. Ramona war sehr verzweifelt“, gab die Frau zur Antwort.

„Das kann ich verstehen. Haben Sie denn Herrn Stocker gekannt?“, fragte Lena.

„Nein, er wollte die Beziehung scheinbar geheim halten. Das ist mir sonderbar vorgekommen.“

„Sie haben ihn auch nie zufällig mit Frau Marthaler gesehen?“

„Nein, ich habe nur ihren früheren Mann gekannt, von dem sie geschieden ist“, sagte sie.

„Herr Marthaler?“, fragte Lena.

„Ja, genau der“, antwortete sie. „Er war nicht gut zu ihr. Ich glaube, er hat Ramona geschlagen.“

„Und Stocker?“

„Stocker? Nein, das war offenbar ein richtiger Gentleman. So hat sie ihn jedenfalls beschrieben.“

„Ramona war also glücklich?“

„Ja, das war sie“, antwortete die Dame. „Umso schlimmer dann der Schock, als sie aus dem Fernsehen von seinem Freitod erfuhr. Sie konnte sich überhaupt nicht erklären, warum er das getan hatte.“

„Sie wusste also nichts von seinen Geldgeschäften bei der Bank?", fragte Lena.

„Nein, das hat sie alles aus den Medien erfahren."

Lena wartete einen Augenblick, dann stellte sie eine Frage, die ihr spontan in den Sinn gekommen war: „Eine rein hypothetische Frage: Sie können sich nicht vorstellen, dass Ramona Marthaler etwas mit Robert Stockers Verschwinden zu tun haben könnte?"

„Sie denken, dass Ramona ihn umgebracht haben könnte?" Die Frau war echt entsetzt. „Um Himmels willen nein, doch nicht Ramona. Die kann keiner Fliege etwas antun."

In diesem Moment betrat eine Kundin den Laden. Lena nutzte die Gelegenheit, das Gespräch zu beenden. Draußen rief sie Ramona Marthaler an. Aber es ging niemand dran. Also rief Lena Höller an: „Hallo. Hier Lena. Wie geht es dir?"

„Ich will nicht klagen. Aber du hast etwas auf dem Herzen?", fragte er.

„Ja, darf ich dich bitten, eine Person zu überprüfen, eine gewisse Ramona Marthaler? Sie ist Deutsche und hat vor Jahren einen Marthaler geheiratet. Inzwischen ist sie geschieden. Sie wohnt in Zürich. Ihre Adresse ist ..." Lena suchte in ihrem Notizbuch danach und nannte ihm dann Straße und Hausnummer.

„Geht es immer noch um Stocker?", fragte Höller.

„Ja, diese Ramona Marthaler war seine Freundin zum Zeitpunkt, als er verschwand", antwortete Lena.

„Von einer Freundin wissen wir allerdings nichts", meinte er.

„Ich weiß", antwortete Lena. „Das ist eine offizielle Information an euch, ich wäre dir nun sehr dankbar, wenn du mir so rasch als möglich alles über diese Ramona Marthaler berichten könntest, was es herauszufinden gibt."

„Ich werde mich noch heute Nachmittag damit beschäftigen", versprach Höller. „Aber zuerst muss ich einen Bericht zu unserem Familiendrama schreiben."

„Du hast was gut bei mir", sagte Lena und verabschiedete sich.

Biel, Montag, 25. Oktober 2010, 17.40 Uhr

Als Lena die Agentur betrat, rief ihr Eleni zu: „Da ist soeben ein Fax von Höller für dich eingetroffen."

Lena nahm den Ausdruck entgegen und überflog ihn. Plötzlich erstarrte sie. „Das ist es. Das ist der Durchbruch." Sie eilte an der verdutzten Eleni vorbei in ihr Büro und wählte eilig Jans Nummer. Eleni war ihr gefolgt und lehnte gespannt am Türrahmen.

Er meldete sich und sagte kühl: „Lena? Was ist?"

„Jan, ich habe den Schlüssel gefunden. Ramona Marthaler, Stockers heimliche Freundin, ist eine geborene Preuss."

Jan war hellwach. „Preuss? Aber so heißen doch die einen Leute in Eningen!"

„Eben, das kann kein Zufall sein. Ich gehe jede Wette ein, dass Ramona ihre Tochter ist. Wir fahren morgen nach Eningen und sprechen noch mal mit ihnen."

Vierter Teil

Eningen, Sonntag, 24. Oktober 2010, 12.00 Uhr

Robert Stocker aß seinen Sonntagsbraten und dachte einmal mehr: „Kochen kann die Frau, das muss man ihr lassen.“ Den Apfelkompott ließ er auf dem Tablett stehen. Er hatte zugenommen, mindestens 10 Kilo. Die Bewegung fehlte ihm. Seit bald 19 Monaten hatte er keinen Waldweg gesehen, keine frische Luft mehr geatmet. Allmählich hatte er es satt, in diesen vier fensterlosen Wänden im Keller eingesperrt zu sein und die Frischluft über einen Schlauch aus der Wand zu beziehen. Er war es leid, sein Essen und die Wasserflaschen einer Schleuse in der dicken Betonwand zu entnehmen. Das Ganze hatte etwas Surreales. Für ihn war es aber bittere Realität.

Seit 19 Monaten hatte er auf die vier Monitore gestarrt und per Mikrofon Anweisungen in den Nebenraum weitergegeben, wo andere die Aufträge ausführten. Hätte er selber eine Tastatur zur Verfügung gehabt, wäre alles einfacher gewesen. Aber die waren sich natürlich darüber im Klaren, dass er längst Kontakt mit der Außenwelt aufgenommen hätte. Darum blendeten sie ihm nur die Screens ein, die er für seine Analysen und Transaktionen benötigte.

Das eine Mal, als der eine Monitor ausgefallen war, hatte er den Alten zu Gesicht bekommen. Er hatte den Befehl befolgt, den kaputten Monitor an die Panzertür zu stellen und sich danach auf den Stuhl zu setzen. Dann war die Tür ganz kurz geöffnet worden und er hatte nach dem Gerät gegriffen. Als er blitzschnell reagiert hatte und zur Tür gestürmt war, hatte der zweite Mann draußen ihn mit dem Elektroschocker zu Boden gestreckt. Als er wieder aufgewacht war, hatte jemand bereits einen neuen Monitor angeschlossen.

Stocker machte sich Sorgen. Was würde passieren, wenn er seine Arbeit abgeschlossen hatte? Würden sie ihn umbringen? Oder würden sie ihr Versprechen halten und ihn frei lassen? Aber warum sollten sie das tun? Das wäre zu gefährlich, denn sie mussten damit rechnen, dass er sie anzeigen würde, obwohl er das nicht vorhatte. Er wäre ja auch ziemlich blöd, wenn er das tun würde. Aber die wussten wahrscheinlich nicht, was er damals, als sie ihn gekidnappt hatten, eigentlich vorgehabt hatte. Stocker hoffte, dass das hier gut für ihn ausgehen würde.

Dienstag, 26. Oktober 2010, 08.30 Uhr

Jan fuhr Lenas Wagen auf der Autobahn Richtung Stuttgart, während sie selbst versuchte, Höller telefonisch zu erreichen. Sie erwischte ihn erst kurz nach der Morgensitzung.

„Guten Morgen“, sagte Lena. „Ich habe eine Bitte. Kannst du bei den deutschen Kollegen in Reutlingen die verwandtschaftliche Beziehung zwischen Ramona Marthaler-Preuss und einem Ehepaar Heiko und Hildegard Preuss in Reutlingen klären? Wenn das nämlich ihre Eltern sind, dann stehen wir, so glaube ich, vor einem Durchbruch in der Sache Stocker.“

„Ich rufe dich zurück, sobald ich mehr weiß“, antwortete Höller, ohne dass er nach dem konkreten Grund für ihre Euphorie fragte. Das schätzte sie so an Höller. Er respektierte, dass es wichtig sein musste, wenn sie ihn um einen Gefallen bat und machte sich einfach an die Arbeit.

Eine halbe Stunde später rief er zurück.

„Bingo, Lena“, berichtete Höller aufgeregt. „Ramona Preuss ist tatsächlich die Tochter von Heiko und Hildegard Preuss in Eningen. Aber warum interessieren dich die Leute? Was ist mit ihnen?“

„Ramona Preuss ist die Freundin von Stocker“, erklärte Lena. „Ihre Eltern waren Kunden der Bank. Sie gehören zu jenen Klienten, die mit Stockers Anlagestrategie einen großen Teil ihres Vermögens verloren haben. Ich verfüge aber über Informationen, wonach sich ihr Vermögen seit Stockers Verschwinden auf wundersame Weise wieder vermehrt. Klingelt es bei dir?“

„Du glaubst also, dass Stocker bei seinen Quasi-Schwiegereltern untergetaucht ist und ihnen dabei hilft, sich das verlorene Geld wieder zu holen?“, fragte Höller.

„Keine Ahnung“, antwortete Lena. „Aber so könnte es zumindest sein. Falls dem so ist, habe ich mich von Ramona Marthaler ganz schön an der Nase herumführen lassen. Ich kann mich normalerweise auf meine Menschenkenntnis verlassen.“

„Kann es sein, dass er die Sache wiedergutmachen will, bevor er Ramona in die Augen sehen kann?“, spekulierte Höller.

„Meinst du?“, zweifelte Lena. „Aber wir werden vielleicht sehr bald mehr wissen.“

Jan hatte eben die Autobahn verlassen und den Weg Richtung Rottenburg eingeschlagen. In weniger als einer Stunde würden sie an der Tür des schmucken Hauses in Eningen klingeln und die überraschten Leute mit der Behauptung konfrontieren, dass sie wüssten, dass Robert Stocker sich bei ihnen aufhielt.

Eningen, Dienstag, 26. Oktober 2010, 09.20 Uhr

Als Frau Preuss die Haustür öffnete, schoss Jan mit seiner Digitalkamera gleich mehrere Bilder mit Blitzlicht. Frau Preuss war total überrumpelt. Lena rief, dass alle in einem Umkreis von 50 Metern es hören konnten: „Guten Tag Frau Preuss. Wir möchten gerne mit Robert Stocker, dem Freund ihrer Tochter sprechen. Wir sind sicher, dass er da ist."

Frau Preuss reagierte heftig und stieß Lena mit der einen Hand zurück, mit der anderen versuchte sie die Tür zu schließen. „Des isch Nötigung. Verlasset Se sofort unsern Grund oder mein Mann ruft d'Polizei."

Herr Preuss war inzwischen mit einem Telefon in der Diele erschienen und versuchte, eine Nummer zu wählen.

„Das trifft sich sehr gut", entgegnete Lena. „Dann sind wir uns in diesem Punkt einig. Die Polizei kann dieses Gebäude genauer unter die Lupe nehmen. Das kürzt das ganze Theater ab."

Herr Preuss ließ das Telefon sinken und rief: „ Halt! So geht des ja gar net. Dass Se hier eingedrungen sind, des isch Hausfriedensbruch. Se machet sich strafbar."

Lena ging darauf nicht ein. „Rufen Sie endlich an", herrschte sie ihn an. „Sonst tue ich es." Sie kramte ihr Mobiltelefon aus der Tasche und aktivierte das Display. Herr Preuss sagte resigniert: „Lasset Se's. Kommet Se rein und lasset uns reden."

„Heiko!", protestierte seine Frau Hildegard. „Des geht net!"

„Du mit deinem des geht net“, antwortete er. „Natürlich geht des. Es ischt g'nug jetzt. Also, kommet Se 'rein.“ Sie folgten Herrn Preuss ins Wohnzimmer. Hinter ihnen protestierte seine Frau weiter.

Da erschien plötzlich Herr Schluchter im Raum. Er hatte ein Jagdgewehr auf Lena gerichtet und schrie: „Leget Se sich auf den Boden, sofort! Mir lasset uns unser Erspartes net ein zweites Mal nehmen. Verschwindet Sie hier, hauet Sie ab in Ihre Schweiz, lasset Sie uns in Frieden. Wir wollet bloß unsere Rente retten, wir habet niemandem was getan.“ Heiko Preuss nahm Schluchter das Gewehr aus der Hand und versuchte, seinen Freund zu beruhigen.

„Das wissen wir doch, Herr Schluchter“, erklärte Lena beschwichtigend. „Sie trifft keine Schuld am Verschwinden von Herrn Stocker. Sie geben ihm nur Unterschlupf und er sorgt dafür, dass Sie Ihr Geld zurückbekommen. Das ist verständlich. Eine klassische Win-win-Situation. Rufen Sie ihn einfach und wir reden darüber.“ Die beiden Männer schauten sich an und entspannten sich offensichtlich. Inzwischen war auch Frau Schluchter mit einem Hammer in der Hand im Wohnzimmer aufgetaucht. „Er isch nimmer da“, sagte Schluchter. „Er isch fort.“

„Nach ihrem letschten Besuch isch uns die Sache zu heiß g'worden“, ergänzte Heiko Preuss. „Da habet wir ihn gebeten zu gehen.“

„Dann haben Sie sicher nichts dagegen, wenn ich mich im Haus umsehe?“, fragte Lena. Die beiden Männer schauten sich kurz an, dann nickte Preuss. „Bitte, machet Sie, was Sie für richtig halten."

Lena schaute in die Küche, ins Bad, in die einzelnen Zimmer. Sie konnte auf den ersten Blick nichts erkennen, was auf Stockers Anwesenheit hingedeutet hätte. Beim Blick aus dem Küchenfenster waren ihr der Bauschutt und der Generator im Garten aufgefallen.

„Wofür brauchen Sie einen Generator?", fragte sie Preuss.

„Des war ein Schnäppchen. Man weiß ja nie", antwortete er.

„Darf ich einen Blick in Ihren Keller werfen?", fragte Lena.

„Wir bauet grad um und es herrscht a große Unordnung. Sie kommet kaum durch", antwortete er. Lena öffnete die Tür zur Kellertreppe und sah, dass Preuss die Wahrheit sagte. Die Treppe war vollgestellt mit Werkzeug und Kabelkanalrollen aus Kunststoff, unten an der Treppe konnte sie mehrere Säcke mit Betonmischungen erkennen. Sie verzichtete, nach unten zu gehen. Stattdessen fragte sie: „Und, wo ist er jetzt?"

„I hab keine Ahnung. Des wollt er uns net sagen", antwortete Heiko Preuss.

„Und das sollen wir Ihnen abnehmen?", schaltete sich Jan ein. „Er hat sich mit Ihrer Tochter Ramona, die uns die verlassene Witwe vorgespielt hat, bestimmt irgendwohin abgesetzt, wo sie nun gemeinsam in Saus und Braus leben. Und Sie wollen uns weismachen, dass Sie nicht wissen, wo das ist? Für wie dumm halten Sie uns eigentlich?"

„Ich schlage vor, dass wir die Sache nun zu Ende bringen und Sie uns einfach sagen, wo die beiden sind", meinte Lena.

„Ramona wollt' nix mehr von ihm wissen, nachdem er onser Geld verspekuliert hatte", antwortete Frau Preuss. „Dann hat sie ihm den Laufpass gegebe."

„Warum hat sie uns dann die unwissende Verlassene vorgespielt?", wollte Lena wissen.

„Abg'macht war, dass er ons onser Geld wieder herschafft und sie ihn dafür net verrät", erläuterte Heiko Preussler.

„Und Sie haben ihn einfach so ziehen lassen? Einen Mann, der Hunderte von Kleinanlegern um ihr Erspartes gebracht hat und danach ihre Daten an die Steuerbehörden verkauft hat?" Lena war empört. „Das kann doch nicht Ihr Ernst sein?"

„Er hat sich große Müh' gegebe und so ziemlich alles wieder gut g'macht", antwortete Frau Schluchter. „Wir habe also keinen Grund, ihm etwas nachzutragen."

„Wir sind uns selbscht am nächschten", ergänzte Herr Schluchter, der sein Jagdgewehr inzwischen geschultert hatte. „Was gehet uns die andern an?"

„Die Polizei aber geht das sehr wohl etwas an. Man hat den Mann überall gesucht, während er hier bei Ihnen zu Gast war", sagte Lena aufgebracht. „Die werden großes Interesse haben, wenn ich ihnen davon berichte. Was sind Sie nur für Menschen? Komm Jan, wir haben hier nichts mehr verloren." Sie drehte sich auf dem Absatz um und verließ das Haus grußlos. Jan folgte ihr.

Beide hatten ein flaues Gefühl im Magen. Etwas stimmte hier nicht. Sie setzten sich in den Wagen und fuhren weg. Jan steuerte den Wagen aber nur rund um die Grieshaber-Halle und hielt dann an einer Stelle an, wo sie die Straße mit dem Preuss'schen Haus im Blickfeld hatten. Beide hatten keine Ahnung, was sie jetzt eigentlich erwartete.

Eningen, Dienstag, 26. Oktober 2010, 09.55 Uhr

Im Hause Preuss herrschte helle Aufregung. Man war überzeugt, dass die beiden Schweizer wiederkommen würden. Sie hatten ihnen die Geschichte nicht abgenommen, soviel war den Rentnern klar. Vielleicht würden die beiden Schnüffler tatsächlich die Polizei benachrichtigen. Sie waren sich einig: Es war an der Zeit, der Sache ein Ende zu machen.

Lena und Jan waren frustriert. Nichts tat sich. Gut eine halbe Stunde hatten sie nun im Wagen gesessen und das Haus im Auge behalten.

„Das bringt nichts. Komm, lass uns fahren“, sagte Lena wütend.

„Und wohin soll ich fahren?“, fragte Jan. „Jetzt, wo wir wissen, dass Stocker hier war, können wir doch nicht einfach nach Hause fahren.“

„Vielleicht müssen wir die Polizei einschalten“, meinte Lena.

„Dann ist aber meine Story den Bach runter“, protestierte Jan. „Wir werden ihn finden und stellen. So war es vereinbart.“

Lena hatte eine Idee: „Ich rufe im Geschäft an, in dem Ramona arbeitet“, sagte sie, wählte Elenis Anschluss und ließ sich die Nummer der Boutique geben.

Lena tippte die Nummer ein und brauchte nicht lange zu warten. Die Inhaberin war persönlich am Apparat. Lena begrüßte die Frau und sagte: „Sie erinnern sich bestimmt an mich. Ich war gestern bei Ihnen und habe Ihnen Fragen gestellt im Zusammenhang mit Ihrer Angestellten Ramona Marthaler. Ist sie heute wieder zur Arbeit erschienen?"

„Ja, sie ist da. I kann Sie Ihnen geben", antwortete die Frau und rief in den Raum hinein: „Ramona, Telefon für dich." Zu Lena sagte sie: „Augenblick, Frau Bellmann, Ramona wird gleich kommen." Dann legte sie den Hörer hin und Lena wartete.

„Marthaler hier. Warum rufen Sie an, Frau Bellmann? Haben Sie Robert gefunden?" Lena ging nicht darauf ein und stellte ihrerseits eine Gegenfrage: „Hat sich Robert Stocker bei Ihnen gemeldet?"

„Nein, wie kommen Sie darauf?" Wieder klang Ramona Marthaler verwirrt und verzweifelt. „Er ist doch tot?"

„Ramona, wieso haben Sie mir verschwiegen, dass Ihr Freund sich bei Ihren Eltern in Eningen aufhält?"

„Davon weiß ich nichts", versuchte sich Ramona herauszureden. Aber überzeugend klang das nicht.

„Er wird Sie abholen, nicht? Und dann hauen sie beide ab und fangen ein neues Leben an", sagte Lena.

„Ich verstehe jetzt gar nichts mehr", sagte Ramona Marthaler trotzig.

„Ihre Eltern sind sehr sympathische Leute." Lena versuchte, Ramona aus der Reserve zu locken. „Leider aber treiben sie da ein übles Spiel mit all den geprellten Kunden und ganz besonders mit Robert Stockers besorgter Familie, indem sie Ihren Freund heimlich bei sich aufnehmen und mit seiner Hilfe ihre Verluste wieder wettmachen.

„Wovon reden Sie? Haben Sie Robert gesehen?“, fragte Ramona Marthaler.

Genau in diesem Augenblick ging die Tür im Haus Preuss auf und ein Mann mit einer größeren Reisetasche in der Hand verließ das Haus. Jan stieß Lena an und startete den Motor.

„In diesem Moment sehe ich ihn zum ersten Mal. Er verlässt soeben das Haus Ihrer Eltern. Ich melde mich.“ Lena drückte sofort die Verbindung weg: „Folge ihm so, dass er uns nicht sofort entdeckt.“

Der Mann hatte den Kragen hochgeschlagen und trug trotz der Wärme eine Mütze. Er entfernte sich vom Haus Richtung Bushaltestelle nach Reutlingen. Sie folgten ihm im Schritttempo. Als sie am Haus vorbei rollten, sahen sie Herrn Preuss am Fenster. Er hatte ein Mobiltelefon am Ohr. Sie bemerkten, wie der Mann, den sie verfolgten, die linke Hand ans Ohr führte. Dann drehte er sich kurz zu ihnen um und rannte los. Binnen weniger Sekunden war er im Gewirr der alten Häuser verschwunden. Jan fuhr mit quietschenden Reifen durch die Straßen. Er erntete dafür böse Blicke, einige Passanten griffen sich an den Kopf.

„Halt an!“, rief Lena und stürzte aus dem Auto. Sie machte sich zu Fuß auf die Suche nach dem Mann, während Jan langsam durch die Straßen rollte und seinen Blick über die Vorgärten gleiten ließ.

Der Mann blieb verschwunden. Preuss hatte ihn gewarnt, das war offensichtlich gewesen. Lena schäumte vor Wut. Jetzt war ihr alles klar. Der Keller! Stocker war die ganze Zeit da unten gewesen. Sie hatten den

Keller für ihn umgebaut. Warum hatte sie das nicht kapiert?

Sie hielt Jan an, der ihr entgegenkam und stieg ein. „Fahr zurück zu den Alten“, schrie sie. „Jetzt reicht's mir. Die werden mich jetzt kennen lernen.“

Lena überlegte, ob sie Martinez anrufen sollte, damit er bei seinen deutschen Kollegen eine Großfahndung nach Stocker auslösen konnte. Doch erstens würde das nicht so einfach sein und sie hätten dazu auf der hiesigen Polizeistation wahrscheinlich ihre Beweise vorlegen müssen. Und die waren dürftig. Der flüchtende Mann hätte irgendwer sein können. Vielleicht würden die vorliegenden Fakten nicht einmal für eine Hausdurchsuchung bei den Preuss' reichen. Vor allem aber würde viel zu viel Zeit vergehen. Bis dahin wäre Stocker längst über alle Berge. Vielleicht ließ sich alles ohne Polizei regeln. Schließlich waren ja offenbar bisher keine Menschen zu Schaden gekommen. Jan hielt direkt vor Preuss' Haus. Sie stürmten durch den Vorgarten und warteten nach dem Klingeln nicht, bis ihnen geöffnet wurde. Sie traten einfach ein. Beide Ehepaare saßen im Wohnzimmer und schienen ziemlich verwirrt. Lena kam sofort zur Sache: „Wir haben gesehen, wie Stocker das Haus verlassen hat. Er ist uns leider entkommen. Jetzt wollen wir endlich die Wahrheit hören. Und zwar mit allen Details. Wenn Sie kooperieren, lassen wir die Polizei aus dem Spiel. Sonst aber wird Ihnen dies alles hier noch verdammt leidtun.“

Herr Schluchter ergriff das Wort: „Wir werdet Ihnen alles erzählen. Aber was isch mit dem da?" Er deutete auf Jan. „Die Zeitung wird uns doch fertigmachen."

Lena schaltete einen Gang zurück. „Die Schweizer Boulevardzeitung wird zwar die Geschichte bringen, ohne aber Ihre Namen und Ihren genauen Wohnort zu nennen. Ihre Gesichter werden mit einem schwarzen Balken unkenntlich gemacht, das verspreche ich Ihnen." Jan wollte protestieren, aber Lena winkte ab. „Es geht uns nur um Stocker. Ich glaube nicht, dass in dieser Geschichte überhaupt ein Beteiligter Interesse an Ihnen hat, geschweige denn, dass jemand Anzeige erstatten wird. Außer Sie würden uns dazu zwingen."

Die Alten schauten sich an und nickten sich gegenseitig zu. Dann begann Heiko Preuss zu erzählen.

Dienstag, 6. Januar 2009 , 20.00 Uhr

Als der Freund von Ramona, dieser Robert Stocker, ihr Geld verspielt hatte, da sahen sich die Eltern Preuss in ihren bösen Vorahnungen bestätigt. Nur widerwillig hatten sie ihm damals das Geld anvertraut, obwohl dieser junge Kundenberater, Bamert, es ihnen ausdrücklich ans Herz gelegt hatte. Auch Robert Stocker war kein Mann für Ramona, darin waren sich die Eltern einig gewesen. Schon Ramonas erster Mann, dieser Marthaler, war ein primitiver Schläger und Säufer gewesen. Aber Stocker war noch schlimmer, denn er erwies sich als Hochstapler und Betrüger. Es war ein gewaltiger Schock gewesen: Fast zwei Drittel ihrer Ersparnisse für die Rente waren weg, hatten sich zusammen mit den Lehman Brothers einfach in Luft aufgelöst. Als Freiberufler hatten sie keinen Anspruch auf eine gesetzliche Rente gehabt. Sie hatten gespart und dieses Geld möglichst sicher angelegt. Bis dieser Stocker ihnen etwas von traumhaften Renditen vorgeschwafelt hatte und auch ihre Tochter Ramona sie gedrängt hatte, Stocker doch zu vertrauen. Das hatten sie zwar nie, aber trotzdem stiegen sie auf das Angebot ein. Herr Bamert hatte ihnen alles erklärt und zu diesem netten jungen Mann hatten sie Vertrauen gefasst.

Nach dem Zusammenbruch der Lehmann Brothers Bank hatten sie zuerst nichts gehört. Es war ihnen auch nicht bewusst gewesen, wie hoch der Anteil ihrer Anlage bei diesem Institut gewesen war. Erst jetzt,

Anfang des Jahres, genauer am Dreikönigstag, als die Abrechnung in einem weißen Kuvert im Briefkasten lag, trat der Verlust zu Tage. Sie glaubten zuerst an einen Fehler, riefen Bamert an und machten ihn darauf aufmerksam. Er bestätigte jedoch die Zahlen, die ihnen vorlagen. Und ihre Welt, und mit ihr der Glaube an Gerechtigkeit, brach zusammen.

Sie fuhren noch am gleichen Abend nach Zürich, die Ehepaare Preuss und Schluchter. Sie hatten Robert Stocker in Ramonas Wohnung bestellt, um ihn dort zur Rede zu stellen. Aber er kam nicht. Ramona rief ihn an, während ihre verzweifelten Eltern schweigend im Wohnzimmer saßen. Er ging nicht ran. Da fasste sie einen Entschluss.

„Ich hole ihn“, sagte sie, nahm sich die Autoschlüssel und verließ die Wohnung. Eine Viertelstunde später klingelte sie an der Haustür von Stockers Wohnblock. Die Fenster waren nicht erleuchtet. Also ging sie davon aus, dass er noch nicht zu Hause war. Es gab drei Möglichkeiten: Entweder war er noch in der Bank, in einer Bar oder in einem Saunaclub. Sie wusste, dass er sie mit Prostituierten betrog. Aber das war ihr egal, solange er immer zu ihr zurückkam. Von der großen Liebe träumte sie schon lange nicht mehr. Stocker konnte ihr etwas bieten. Das reichte ihr. Sie steuerte ihren Wagen ins Rotlichtviertel an der Langstrasse. Sie fuhr alle Straßen langsam ab und suchte nach seinem geparkten Wagen. Aber sie konnte ihn nicht finden. Da erinnerte sie sich, dass sie in seiner Jackentasche eine Quittung von einem Club „Cruise" etwas außerhalb der Stadt gefunden hatte. Sie entschloss sich, dorthin zu fahren.

Roberts Wagen stand tatsächlich auf dem Parkplatz des Clubs. Ramona stellte ihren Wagen in eine Parklücke und stieg aus. Ohne zu zögern, begab sie sich zur Rezeption des Clubs. Die aufreizend gekleidete Dame empfing sie mit den Worten: „Guten Abend. Willkommen im ‚Cruise'. Ich freue mich, eine Solo-Dame begrüßen zu dürfen, Sie haben natürlich freien Eintritt."

„Wenn Sie glauben, dass ich mich hier von 'nem Dutzend alter Säcke ficken lasse, dann liegen Sie falsch. Ich hole meinen Mann ab", sagte Ramona kühl und lächelte die Frau an.

„Ach, ja? Soll ich ihn ausrufen, oder was?"

„Geben Sie mir das Mikro. Das mache ich schon selbst."

„Das kann ich nicht. Stellen Sie sich vor, wenn das jede Ehefrau machen würde. Wir hätten keine Kunden mehr", protestierte die Frau.

„Los, geben Sie schon her", forderte Ramona sie auf. „Seine Mutter ist gestorben."

Ramona nahm der verdatterten Frau das Mikrofon aus der Hand. „Herr Robert Stocker, Herr Robert Stocker, bitte melden Sie sich an die Rezeption. Wo Sie auch gerade Ihren Schwanz stecken haben, ziehen Sie ihn raus und kommen Sie her."

Die Frau versuchte, Ramona das Mikrofon wegzuzerren, aber Ramonas Wut verlieh ihr ungeahnte Kräfte. Sie packte mit der freien Hand das Handgelenk der Frau und drückte wie ein Schraubstock zu, so dass diese aufjaulte und ihre Hand wimmernd zurückzog. Ramona rief in das Mikrofon: „Robert Stocker, kommen Sie zur Rezeption und schauen Sie Ihren geprellten Kunden in die Augen. Aber ersparen Sie uns den jämmerlichen Anblick Ihres vor Schreck geschrumpften Würstchens. Und ziehen Sie sich etwas an."

In diesem Moment flog eine Tür auf und Stocker stürzte mit hochrotem Kopf und nur mit einem Handtuch um die Hüfte gebunden in den Vorraum. Er schrie Ramona an: „Was bildest du dir eigentlich ein, du gottverdammte blöde Kuh! Was soll dieser Auftritt hier?"

„Weil du lausiger kleiner Banker hier 'rumfickst, statt die Einladung von denen anzunehmen, die du mit deinen angeblich sicheren Anlagen um eine halbe Million erleichtert hast. Zieh dich an, du Clown, und komm sofort nach Haus, sonst erlebst du dein blaues Wunder!"

Sie hatte die ganze Zeit ins Mikrofon gesprochen. Aus dem Innern des Etablissements war Gelächter zu hören. Die Frau hinter ihrer Kasse versuchte, sich zu entschuldigen: „Es tut mir leid, Robi, sie hat mir einfach das Mikrofon aus der Hand gerissen."

„Aha, man kennt sich", stellte Ramona fest. „Robi, so nennen dich deine Huren also? Wie süß! Hat die Schlampe dich vielleicht auch schon 'rangelassen?"

Robert Stocker verzog sich in die Garderobe. Ramona rief ihm nach, so dass es alle über Lautsprecher hören konnten: „Robi, das klingt ja fast wie Robidog, das Säckchen für Hundescheiße."

Drinnen brüllten sie vor Lachen. Ramona warf das Mikrofon auf die Theke und ging hinaus. Dort wartete sie, bis Stocker herauskam. Ohne sie eines Blickes zu würdigen, schritt er zu seinem Wagen. Sie folgte ihm und sagte: „Du kommst mit zu mir. Wir erwarten dich. Und solltest du dich drücken, dann mach ich dich fertig, das verspreche ich dir."

Er drehte sich um und antwortete ruhig, aber mit einem leichten Beben in der Stimme: „Du hast mich bereits zur Lachnummer gemacht. Das wäre wirklich nicht nötig gewesen. Du hast erreicht, was du wolltest. Ich komme und erkläre deinen Eltern, was mit ihrem Geld passiert ist. Aber danach bin ich fertig mit dir. Ich streiche dich aus meinem Leben und spüle dich hinunter wie ein Haufen Scheiße, um bei deinen Metaphern zu bleiben." Damit stieg er ein und brauste mit aufheulendem Motor davon.

Er war vor ihr da und saß bereits mit ihren Eltern und den Schluchters im Wohnzimmer. Als Ramona dazu kam, war er gerade dabei, den Ehepaaren sachlich und emotionslos zu erklären, warum sie ihr Geld verloren hatten. Stocker erläuterte ihnen, dass die Krise unter anderem Folge eines spekulativ aufgeblähten Wirtschaftswachstums und einer Immobilienblase in den USA war. Auch in europäischen Ländern, zum Beispiel in Spanien, brachte das Platzen der Immobilienblase Banken in Bedrängnis. Die Krise äußerte sich weltweit zunächst in Verlusten bei Unternehmen der Finanzbranche. Dazu gehörte auch die amerikanische Bank Lehman Brothers, bei denen Stocker große Summen in Immobilien-Fonds angelegt hatte. Im September 2008 kündigte Lehman Brothers als Notszenario den Verkauf eines Mehrheitsanteils in der Investmentsparte, die Ausgliederung von Gewerbeimmobilien und weiteren illiquiden Vermögenswerten an. Die Verkaufsbemühungen scheiterten jedoch und die Bank musste am 15. September 2008 Insolvenz anmelden. Die Ersparnisse zahlreicher Kunden von Stocker waren damit verloren.

Heiko Preuss gab sich mit dieser Erklärung nicht zufrieden. „I hab den Eindruck, dass Sie den Schwarzen Peter jetzt einfach der Lehman Brothers Bank zuschieben wollet", erwiderte er erbost. „Aber Sie habet doch diesen Partner für vermeintlich sichere ond trotzdem rentable Anlagen ausg'wählt. Jetzt könnet Sie doch net einfach daher komme und sage, die seiet an allem schuld."

„Sie und Ihre Frau haben sich betreffend Ihrer Renditevorstellungen klar geäußert", verteidigte sich Stocker. „Es ist nicht neu, dass man mit höheren Rendite-Aussichten gleichzeitig auch ein größeres Risiko in Kauf nimmt."

„Der Bamert hat ons auf Ihr Drängen hin diese Anlage-Produkte als sicher ond hoch rentabel empfohle. Wir habet Ihne geglaubt und auf Ihr Sachkompetenz vertraut. Und jetzt müsset wir leider feschtstellen, dass wir uns getäuscht habet. Dieser Fehler hat uns um unsre Ersparnisse gebracht, während Sie nach wie vor Ihren gut bezahlten Job ausüben dürfet. Das tut net nur weh, des isch einfach ungerecht."

Preuss hatte immer lauter und schneller geredet und kriegte am Ende fast keine Luft mehr. Herr Schluchter nahm den Faden auf und warf Stocker vor:

„Sie, Herr Stocker, Sie müsset uns hier nix vorjammere. Sie habet genau g'wusst, wie spekulativ und riskant Ihre Anlagen waret. Sie sind doch schließlich hier der Experte und hättet die verdammte Pflicht gehabt, uns auf dieses erhöhte Risiko aufmerksam zu machen. Zumindescht hättet Sie rechtzeitig handeln müssen, als es brenzlig g'worden isch am Immobilienmarkt und sich die Gefahr abgebildet hat. Aber des habet Sie verpasst."

„Nein, des siesch du falsch, des hat er nicht verpasst", unterbrach ihn Preuss. „Er wollt' doch gar net aussteigen, denn wo ein erhöhtes Risiko vorhanden isch, liegt im Fall, dass es gut ausgeht, der ganz große Reibach drin. Das habet Sie, Herr Stocker, uns doch grad selbscht erklärt. Nicht nur unsere Kasse, sondern auch Ihre hätt' g'klingelt. Darauf habet Sie spekuliert – und verloren. Aber leider net Ihr Geld, sondern unser's."

„In den Geschäftsbedingungen unserer Bank ist das alles geregelt. Mit Ihrer Unterschrift haben Sie die Risiken im Zusammenhang mit Börsengeschäften akzeptiert", verteidigte sich Stocker. „Nur weil jetzt einmal der schlechteste Fall eingetreten ist, können Sie nicht mich dafür verantwortlich machen. Ich habe nach bestem Wissen und Gewissen gehandelt. Ich bitte Sie, dies zu respektieren und Ihre eigene Verantwortung nicht auszublenden."

„Des isch ja net zu fassen", ereiferte sich Frau Preuss. „Sie redet hier so g'schliffen daher, dass ei'm schwindlig wird und schiebet die Schuld für Ihr Versagen jetzt einfach auf uns. Könnet Se noch in den Spiegel schauen, Herr Stocker? Könnet Sie nachts noch ruhig schlafen?"

„Ja, das kann ich sehr gut", antwortete er. „Denn ich habe mir nichts vorzuwerfen."

„So isch das also", meinte Herr Preuss und beugte sich über den Tisch. „Sie sind fein raus und wir sind die Dummen. Schön, dann werdet wir jetzt andre Saiten aufzieh'n müssen. So kommet Sie net davon. Des lasset wir net zu."

Was das konkret heißen sollte, war im Moment niemandem klar. Es blieb ruhig. Stocker stand auf und meinte: „Es tut mir aufrichtig leid, aber ich kann nichts für Sie tun."

„Dann gehet Sie uns aus den Augen, machet Sie sich vom Acker", schrie Frau Schluchter. Robert Stocker schaute Ramona an und drehte sich dann wortlos um.

An der Tür wandte er sich noch einmal an das Ehepaar Preuss und sagte laut: „Aber einen Fehler haben Sie in ihrem Leben definitiv gemacht. Sie haben es versäumt, Ihrer Tochter Manieren beizubringen."

Eningen, Dienstag, 26. Oktober 2010, 10.30 Uhr

„Und was ist dann geschehen?“, fragte Lena.

„Er isch gegangen und wir habet nie mehr etwas von ihm g'hört“, sagte Herr Schluchter

„Ja, was haben Sie denn um Himmels willen erwartet?“, fragte Lena.

„Dass er den Anstand zeigt und sich wenigschtens entschuldigt. Aber für diese Banker sind wir Kunden Deppen, die man ausnehmen kann, so viel isch mir heut' klar“, sagte Heiko Preuss.

„Und wie haben Sie es denn geschafft, dass Stocker die Verluste für Sie in Ordnung gebracht hat?“

„Wir habet noch am gleichen Abend beschlossen, dass wir ihn zur Rechenschaft ziehet. Wir selbst, weil uns sonscht ja niemand helfen konnt' oder wollt'. Wir habet einen Plan entwickelt und Schritt für Schritt umg'setzt“, erzählte Preuss stolz. „Wir habet also zusammen in unserm Keller so eine Art Bunker gebaut, mit Belüftung, Toilette, Dusche, Waschbecken und einer Durchreiche fürs Essen. Die spartanische Einrichtung hätt' so was wie eine Gefängniszelle simulieren sollen. Dann habet wir die nöt'ge Technik besorgt, in der Zelle aber nur zwei Monitore und 'ne Gegensprechanlage installiert – über die konntet wir unser'm Häftling Anweisungen geben, die wir dann selbscht ausg'führt habet.“

„Sie haben ihm ein Gefängnis gebaut und ihn ge - zwungen, für sie Transaktionen auszuführen, um Ihnen Ihr Geld wiederzuholen?“

„So isch es“, antwortete Herr Schluchter. „Ond es war einfacher, als wir gedacht hattet.“

„Und wie haben Sie ihn denn in Ihren Keller bekommen?“, fragte Jan.

„Wie g'sagt, der Umbau hat ein paar Wochen gebraucht. Als alles fertig war, sind der Heiko und i in d'Schweiz g'fahren und habet uns bei der Ramona einquartiert“, erzählte Schluchter.

„Des war Anfang März. Ihr' Wohnung war quasi onser Hauptquartier. Wie zwei Detektive habet wir den Stocker überwacht ond ausspioniert.“

„Dabei hat sich 'rausg'stellt, dass Robert Stocker ein Einzelgänger war“, fuhr Preuss fort. „Der isch mit der Straßenbahn zu seiner Arbeit g'fahre, hat mittags in 'ner Wirtschaft gegesse – an jedem Wochentag woandersch, aber immer am jeweiligen Wochentag in derselbe Wirtschaft. Der Stocker isch 'n strukturierter Mensch. Abends isch er dann meischtens direkt heim g'fahren und dort auch blieben. Zweimal pro Woch' hat er auf'm Weg von der Haltestelle zu sei'm Haus im Supermarkt eingekauft.“

„Mitte März isch er dann plötzlich nimmer zur Arbeit gegangen. Der hat seine G'wohnheiten radikal g'ändert. Isch selten aus'm Haus gegangen. Bloß noch zum Einkaufen.“

„Und eines schönen Morgens habet wir dann geglaubt, er sei uns entwischt", übernahm Schluchter den Fortgang der Erzählung. „Er hat des Haus mit 'nem Koffer und 'ner Reisetasche verlassen, sich in sein' BMW g'setzt und isch auf und davon. Kurz vor der

Autobahnauffahrt in Altstetten habet wir ihn dann verloren."

„Ehrlich g'sagt habet wir geglaubt, dass es des jetzt war", nahm Preuss den Faden wieder auf. „Zu ons'rer Überraschung war er aber am nächschten Tag wieder da ond hat sich in seiner Wohnung verkrochen. Da habet wir beschlossen, dass wir jetzt handlet."

„Meine Frau arbeitet in der Kreisklinik in Reutlingen ond hat ons Spritzen ond Beruhigungsmittel besorgt", sagte Schluchter. „Ond auf net ganz aschtreinem Weg habet wir ons 'n Elektroschocker besorgt. Ond dann war's so weit, dass onsre Waffen zum Einsatz kamet."

Sonntag, 22. März 2009

Preuss und Schluchter hatten alles bis ins Detail geplant. Sie hatten vor, Robert Stocker an diesem Tag mit einem Telefonanruf zu einem abgelegenen Ort zu locken und ihn dort unschädlich zu machen. Anschließend wollten sie ihn in ihr Auto verfrachten und nach Eningen fahren, um ihn in die für ihn vorgesehene Zelle im Keller von Preuss' Haus einzusperren.

Sie parkten ihr Auto vor seinem Häuserblock. Schluchter saß am Steuer und Preuss wählte Stockers Nummer. Es dauerte, bis er sich meldete.

„Guten Morgen, Herr Stocker. Hier spricht Heiko Preuss."

„Morgen", antwortete Stocker. „Was wollen Sie denn noch von mir?"

„Herr Stocker, wir wollet ons bei Ihnen entschuldigen. Sie verstehet bestimmt, dass ons die Sache mit den Verluschten keine Ruh' lässt, aber wie wir ons Ihnen gegenüber verhalten habet, war nicht in Ordnung."

Stocker unterbrach ihn: „Okay, akzeptiert. Aber deswegen rufen Sie doch wohl kaum an."

„Wir habet ons was überlegt und wollet mit Ihnen bei 'nem guten Mittagessen drüber reden. Sie wäret natürlich eing'laden."

„Ich habe Ihnen doch bereits gesagt, dass ich nichts für Sie tun kann", entgegnete Stocker. „Ich bin raus, die Bank hat mich entlassen."

„Des isch ja umso besser“, antwortete Preuss, „dann isch unser Vorschlag für Sie noch viel lukrativer. Höret Sie sich einfach an, was wir ons überlegt habet. Mehr verlanget wir gar net. Wir sind übrigens schon in Zürich und würdet Sie um 12 Uhr auf dem Parkplatz beim Hotel Dolder erwarten.“

Einen Moment lang war es ruhig, dann sagte Stocker: „Bedaure, ich habe schon etwas vor. Ich wünsche Ihnen trotzdem einen schönen Tag.“ Damit drückte er die Verbindung weg und zog den Stecker aus der Wand.

Heiko Preuss war überrascht. „Der hat einfach aufgelegt“, sagte er und wählte erneut. Aber die Leitung war tot. „ Heidenei, i war mir sicher, dass der sich wenigschtens anhört, was wir zu bieten habet.“

„Dann kommt jetzt halt Plan B an d'Reih“, meinte Schluchter. „Ruf' die Ramona an.“

In diesem Augenblick kam Stocker aus dem Haus, überquerte die Straße und verschwand in der Tiefgarage.

„Diesmal entkommt der ons net“, sagte Schluchter und startete den Motor. „An dem bleib' i jetzt dran, koschte es, was es wolle.“

„Wenn dir mal der halbleere Tank kein' Strich durch d' Rechnung macht“, entgegnete Preuss mit einem Blick auf die Tankanzeige.

Stocker fuhr erneut Richtung Altstetten zur Autobahnauffahrt. Einmal musste Schluchter eine rote Ampel überfahren, um den Anschluss nicht zu verlieren. Er wurde dabei geblitzt und musste mit einer saftigen Buße rechnen. Stocker schien nichts davon bemerkt zu haben, auch nicht, dass er verfolgt wurde. Der Verkehr war auch an einem Sonntagmorgen einfach zu dicht. Er hielt sich erstaunlicherweise an die Geschwindigkeitsbeschränkungen, sodass sie ihm ohne große Probleme und ohne aufzufallen folgen konnten.

Er fuhr nach Bern, blieb auf der A6 bis nach Thun und Spiez und fuhr danach weiter nach Interlaken, Meiringen und von dort Richtung Innertkirchen. Mit Besorgnis registrierten Preuss und Schluchter, dass die Benzinanzeige inzwischen gelb aufleuchtete. „Wo will der nur hin?“, fragte Preuss. „Der Grimselpass isch jetzt doch noch g'schlossen. Des habet d' Hildegard und i vor paar Jahr' schon mal feschtg'stellt. Weit kann sein Ziel also nimmer sein.“

Und tatsächlich bog Stocker kurz vor Innertkirchen ab und fuhr auf einer kleinen Straße hinunter Richtung Aareschlucht. Preuss und Schluchter konnten ihm nicht folgen, ohne dass er sie bemerkt hätte. Sie parkten ihren Wagen oben an der Hauptstraße bei einem Gewerbehaus und stiegen aus. Von hier aus konnten sie beobachten, wie Stocker mitten auf dem Weg ausstieg, seinen Wagen einfach stehen ließ und Richtung Aareschlucht marschierte. Was um Himmels willen hatte er vor?

Preuss und Schluchter schauten sich an. „Will der sich etwa in d' Fluten stürzen?“, fragte Preuss.

„Nix da! Des müsset wir verhindern!“, rief Schluchter. Sie eilten zurück zum Wagen und fuhren die gleiche kleine Straße hinunter zur Aare. Hinter Stockers Wagen mussten sie anhalten. Es gab auch auf dem schmalen und eingezäunten Weg kein Durchkommen. Sie stiegen aus und liefen los. Beim Vorbeigehen entdeckte Preuss den Brief auf dem Beifahrersitz in Stockers BMW. Er rief: „Wart' mal, da liegt 'n Brief", und riss die Türe auf. Mit Schrecken las er die handgeschriebenen Zeilen laut vor:

An alle, die ich enttäuscht habe:
Mein Leben ist ein Scherbenhaufen, ich habe so ziemlich alles verbockt. Deshalb möchte ich mich bei meinem Arbeitgeber, meinen Kollegen, meinen Kunden und natürlich bei meiner Frau und meinen Söhnen entschuldigen für all das, was ich ihnen früher angetan habe und was ich ihnen möglicherweise mit meinem Abschied zumute. Aber für mich ist es das Beste. Verzeiht mir. Ich liebe euch. R.S.

Preuss legte den Brief zurück und schlug die Tür zu. Dann rannten sie los, bogen in den Uferweg ein, rund 150 Meter vor ihnen befand sich die Pforte zur gewaltigen Schlucht. Der Fluss zu ihrer Rechten tobte und schäumte. Auf dem Steg zur Bahnhaltestelle „Im Fels" war niemand zu sehen. Also war Stocker direkt zum Eingang der Schlucht gegangen. Hier war kein offizieller Zugang. Der Eingang für die Touristen lag oberhalb auf einer Felsnase. Er war nirgends zu sehen. Wenn er also nicht im letzten Augenblick gezögert und in Gedanken sein Leben vor sich hatte ablaufen lassen, dann kamen sie zu spät. In diesem Augenblick tauchte Stocker direkt vor ihnen auf, schien richtig vergnügt und wollte sich gerade auf den Fußgängersteg zum Felsenbahnhof begeben, als er sie entdeckte. Er erschrak und blieb wie angewurzelt stehen.

„Ja sind Sie denn verrückt g'worden", schrie Preuss ihn an. „Wegen dem bissle Geld bringt man sich doch nicht um." Schluchter packte ihn am Arm und zog ihn fort. Sie gingen mit ihm zurück zu den Autos. Preuss und Schluchter redeten auf ihn ein: „Selbschtmord isch was für Drückeberger. Sie habet uns enttäuscht, aber wir wollet doch net, dass Sie sich umbringen!" „Denket Sie doch nur mal an Ihre Söhne, was Sie denen damit antun!" „Sie kommet jetzt erschtmal mit zu uns." Stocker hatte die ganze Zeit kein Wort gesprochen. Als sie bei den Autos ankamen, riss er sich von Schluchter los und schrie: „Was seid ihr zwei für Deppen. Ich will mich doch überhaupt nicht umbringen." Er tippte sich an den Kopf und sagte: „Los macht den Weg frei." Dann begab er sich zu seinem Wagen.

Preuss raunte Schluchter zu. „Der wollt' abhaun, untertauchen, verstehsch? Deshalb isch der von der Schlucht z'rückgekommen. Dann wollt' er mit der Bahn z'rück und weg. Mir müsset handeln."

Dann ging alles ganz schnell. Schluchter griff sich im Auto die aufgezogene Spritze, Preuss nahm den Elektroschocker an sich. Dann traten sie von beiden Seiten an Stockers Wagen heran und öffneten die Türen. Preuss verpasste ihm einen Stromstoß, der ihn außer Gefecht setzte und Schluchter spritzte ihm das

Beruhigungsmittel in den Oberschenkel. Gemeinsam hievten sie ihn vom Sitz und setzten ihn auf den Rücksitz ihres Wagens. Sie hatten sogar an ein Kissen gedacht, damit sie seinen Kopf weich betten konnten und eine Decke, um ihn warm zu halten. Schluchter nahm mit drei weiteren Spritzen in der Hand neben Stocker Platz. Preuss schloss die Türen des BMW, wischte die Fingerabdrücke an den Türgriffen weg und fuhr dann vorsichtig, um möglichst wenig Spuren zu hinterlassen, rückwärts zurück zur Hauptstraße. Offenbar hatte sie niemand beobachtet. Es gab kaum Wohnhäuser in Sichtweite und um diese Zeit am Sonntag war wenig lokaler Verkehr unterwegs, abgesehen von den Touristen, die jedoch nicht auf Autos auf Feldwegen achteten.

Sie tankten in Meiringen und fuhren dann über Interlaken, Thun, Bern und Zürich nach Schaffhausen, wo sie die einzige brenzlige Situation erlebten. Stocker begann sich kurz vor der Grenze zu bewegen, schien kurz davor zu sein wieder auf zu wachen. Schluchter verpasste ihm eine zweite Spritze und Stocker versank wieder im Reich der Träume. Am Zoll winkte man sie durch. Preuss und Schluchter waren erleichtert. Sie waren wieder zu Hause in Deutschland. In weniger als drei Stunden würde Stocker in seinem neuen Zuhause erwachen und seine Arbeit aufnehmen können.

Eningen, Dienstag, 26. Oktober 2010, 11.00 Uhr

Im Keller besichtigten Lena und Jan den Raum, in dem Stocker mehr als eineinhalb Jahre inhaftiert gewesen war. Sie waren geschockt. Von hier aus hatte Stocker mit dem Restvermögen der Schluchters und Preuss' auf der Handelsplattform der Saxobank so lange Transaktionen austüfteln müssen, bis ihr bisheriges Vermögen wieder eingespielt war. Er hatte seine Anweisungen über ein Mikrophon in den Nebenraum übermittelt, wo die beiden Männer die Transaktionen ausgeführt hatten. Dummerweise hatten sie dazu das Konto bei der Bank benutzt, wo Stocker gearbeitet hatte. So war Florian Bamert der Vermögenszuwachs aufgefallen.

„Und Stocker hat das alles widerstandslos hingenommen?", wollte Lena wissen.

„Ja, nachdem der g'merkt hat, dass es uns ernscht isch und ihm nix andres übrig bleibt."

„Und wie haben Sie ihm dies klar gemacht?", fragte Jan.

„Wir habet ihn hungern lassen", antwortete Frau Schluchter. „Was und wie viel's zu essen gab, hing von seiner Arbeit ab."

„Und er hat keine Tricks versucht?", fragte Lena.

„Doch. Er hat uns Geld angeboten, eine halbe Million, die er angeblich in Zürich bei 'nem Notar deponiert hat. Aber wir habet ihm erschtens nicht geglaubt und zweitens wär's ein zu großes Risiko g'wesen, ihm den Kontakt zu erlauben. Wir sind auf alle Fäll' nicht drauf eing'schtiegen. Mittlerweile wisset wir's besser, onser Tochter hat uns informiert."

„Sie sind sich aber im Klaren darüber, dass er Sie jetzt anzeigen könnte wegen Entführung und Freiheitsberaubung?", gab Lena zu bedenken.

„Wir habet mit ihm drüber g'sprochen", antwortete Heiko Preuss. „Der hat offenbar Angscht g'habt, wir würdet ihn genau deshalb umbringen, wenn wir ihn nimmer brauchtet. Oder er hat sich ausg'malt, dass wir ihn möglicherweise überhaupt nimmer frei lassen könntet. Deshalb habet wir ihm versprochen, dass wir ihn zieh'n lasset, sobald unser Vermögen eine gewisse Höhe erreicht hat."

„Warum sollte er deswegen von einer Anzeige absehen?", fragte Jan.

„Wir habet ihm erklärt, dass er, weil ja alle glaubet, er sei tot, jetzt die Möglichkeit hat, unterzutauchen und neu anzufangen. Ich denk, des war auch sein ursprünglicher Plan in Innertkirchen. Des wär' ja umso leichter, wenn er wirklich Geld in Zürich deponiert haben sollte. Den Selbschtmord wollt' er ja nur vortäuschen. Deshalb glaub i kaum, dass der uns anzeigen wird."

„Sie gehen ein beachtliches Risiko ein", sagte Jan. „Aber wir denken, Sie kommen damit durch, nicht wahr Lena?"

„Ja, das sehe ich genauso", antwortete sie. „Er hat nämlich tatsächlich Geld bei einem Notar in Zürich deponiert. Und wissen Sie, wie er zu diesem Geld gekommen ist?"

„Die Ramona hat's ons nach Ihr'm Besuch bei ihr erzählt“, sagte Herr Preuss. „Er hat den Steuerbehörden in Stuttgart die CD mit den Kontendaten verkauft. Des Geld war seine persönliche Vorsorge.“

„Wenn wir die Wahl g'habt hättet, dann hättet wir den Stocker bis an sein Lebensende im Keller schmoren lassen“, sagte Schluchter.

Frau Preuss stand auf und sagte: „I brauch' jetzt 'n Kaffee und ein Stück Kuchen. Darf i Sie einladen?“

Lena und Jan wollten weder Kaffee noch Kuchen. Sie wollten sofort los. Stocker würde jetzt versuchen, nach Zürich zu gelangen, um Tobler aufzusuchen.

Tübingen, Dienstag, 26. Oktober 2010, 10.50 Uhr

Stocker hatte sich mit dem Zug von Reutlingen nach Tübingen durchgeschlagen. Zum ersten Mal in seinem Leben als Schwarzfahrer. Und es war alles gut gegangen. Bei jeder Haltestelle war er in der Nähe der Türen sprungbereit gewesen. Dort tauschte er auf einer Sparkasse die 190 Franken in Euro um. Die alten Dilettanten hatten ihm sein Portemonnaie gelassen und sogar seine Klamotten gewaschen. Er löste eine Fahrkarte nach Zürich via Stuttgart. Er musste jetzt so schnell wie möglich nach Zürich, um sein Geld bei Tobler abzuholen.

In seinem Kopf kreiste eine Frage: Wie waren die beiden Schnüffler überhaupt auf seine Spur gekommen? Einerseits war er ihnen dankbar. Sie hatten durch ihr plötzliches Auftauchen seine Freilassung erwirkt. Andererseits musste er nun höllisch aufpassen, dass er ihnen nicht in die Arme lief. Eigentlich war im Moment alles in bester Ordnung. Er konnte seinen Plan so wieder aufnehmen, wie er ihn vor mehr als eineinhalb Jahren begonnen und dann hatte abbrechen müssen. Offiziell galt er wahrscheinlich als tot, was das Untertauchen nur leichter machte. Stocker fragte sich nur, wer den Schnüfflern den Auftrag erteilt hatte, nach ihm zu suchen. Eigentlich kam dafür nur seine Exfrau in Frage. Er verstand aber nicht, warum sie nun nach ihm suchen ließ, wo sie doch damals die Scheidung eingereicht hatte. Aber seine größte Sorge war

Tobler. Hatte er womöglich nach dem inszenierten Selbstmord geglaubt, Stocker habe sich wirklich umgebracht und das Geld eingesteckt? Diesem schmierigen Typen war das durchaus zuzutrauen. Umso mehr, weil Stocker sich so lange nicht gemeldet hatte.

In Stuttgart stieg er um und nahm den Zug um 12 Uhr nach Zürich. Robert Stocker wurde auf dem gesamten Weg nach Zürich von schlechten Vorahnungen gepeinigt. In Karlsruhe musste er erneut umsteigen. Eine ältere Dame hatte eine Platzkarte für den Sitz neben ihm. Er verwickelte sie in ein angeregtes Gespräch, sodass er den deutschen und schweizerischen Grenzbeamten nicht auffiel, die trotz der abgeschafften Passkontrollen im Zug nach verdächtigen Personen suchten. Sie ließen ihn tatsächlich in Ruhe. Um 16 Uhr traf der Zug in Zürich ein. Nur zehn Minuten später stand Robert Stocker in Toblers Büro.

Fünfter Teil

Zürich, Dienstag, 26. Oktober 2010, 16.15 Uhr

„Oh, Sie beide schon wieder", sagte Toblers Assistentin erschrocken, als Lena und Jan ohne Voranmeldung vor ihr standen. Sie hatte wohl nach ihrem letzten Besuch einen Zusammenschiss über sich ergehen lassen müssen. „Herr Tobler ist außer Haus. Er musste mit einem Kunden zur Bank", berichtete sie.

„Wenn das so ist, dann kommen wir später noch einmal", antwortete Lena und zog Jan mit sich ins Treppenhaus. Kaum draußen, begann sie zu laufen. „Zum Paradeplatz, los" rief sie Jan zu, der überhaupt nichts mehr verstand. „Woher weißt du ...?", fragte er.

„Die Bankauszüge, erinnerst du dich nicht? Er hat sie uns gezeigt. Sie waren von der Bank am Paradeplatz."

Sie erreichten gerade noch die Straßenbahn, die sie in weniger als fünf Minuten dorthin bringen würde. Atemlos wählte Lena Florian Bamerts Nummer. „Hallo Florian, ich bin's Lena. Du darfst jetzt keine Fragen stellen. Hör einfach zu. Ich bin gleich in der Bank. Veranlasse bitte sofort folgendes ..."

Zürich, Dienstag, 26. Oktober 2010, 16.25 Uhr

In der Schalterhalle trafen sie alle aufeinander. Tobler und Stocker kamen offensichtlich aus dem Tresorraum, Bamert und sein Chef, dieser unsympathische Schnetzler, aus dem Backoffice. Lena und Jan stellten sich Tobler und Stocker in den Weg, Schnetzler und Bamert traten von hinten an sie heran. Schnetzler ergriff das Wort und sagte leise, sodass keine anderen Kunden in der Halle es hören konnten: „Herr Stocker, Herr Tobler, darf ich Sie bitten mit zu kommen. Wir regeln das ohne Polizei." Die beiden Ertappten schienen so überrascht, dass sie sich ohne Widerstand in die Mitte nehmen ließen und Schnetzler in ein Besprechungszimmer folgten. Florian Bamert verschloss die Türe von innen und setzte sich zu den anderen an den Tisch. Niemand hatte bisher etwas gesagt. Tobler klammerte sich an seinen Aktenkoffer. Lena wollte die Initiative ergreifen, aber Schnetzler schnitt ihr das Wort ab. „Sie mögen mir verzeihen, Frau Bellmann, aber als Gastgeber in diesem Haus steht es mir zu, das Wort zu ergreifen." Er wandte sich an Tobler. „Ich weiß, dass Sie in diesem Aktenkoffer das Geld haben, das Herr Stocker für den Verkauf unserer Bankdaten von den Deutschen bekommen hat." Er wandte sich an Robert Stocker: „Sie haben unserer Bank und unseren Kunden großen wirtschaftlichen Schaden zugefügt. Sie haben mit überhöhtem Risiko Anlagen getätigt und damit Kundengelder vernichtet. Das Schlimmste, was eine Bank tun kann. Das ist aber nur die eine Seite der Katastrophe. Noch schlimmer ist der Image-Schaden, den Sie uns damit zugefügt haben. Doch auch das hat Ihnen offenbar nicht genügt. Sie gewissenloser Mensch haben nach Ihrer Freistellung die Daten deutscher Kunden an die Steuerbehörden verkauft. Sie wussten genau, was das für diese Kunden bedeutet. Aber das war Ihnen natürlich egal, denn Sie hatten ja Ihre eigenen Pläne: Sie haben uns allen einen Suizid vorgetäuscht, um irgendwo mit Ihrem Geld in Ruhe ein neues Leben aufzubauen." Er machte eine kurze Pause. Stocker schwieg.

„Dafür müssten wir Sie eigentlich anzeigen", fuhr Schnetzler fort. „Doch von Ihrem Datenklau hat die Öffentlichkeit bis heute nichts erfahren. Und das muss auch so bleiben. Wie viel Sie in Ihrem Koffer aus der Bank zu schaffen versuchen, interessiert uns nicht. Wir lassen Ihnen das Geld und verzichten auf eine Anzeige, stellen aber eine Bedingung: Sie verschwinden, genauso wie Sie es geplant haben und tauchen nie wieder auf." Lena und Florian warfen sich vielsagende Blicke zu. Stocker schien überrascht, dann aber lachte er und sagte: „Verstehe, das ist ganz in Ihrem persönlichen Interesse, Herr Schnetzler, nicht wahr? Denn ich habe mich ja schließlich bei meinen Anlagen nur an die bankinternen Renditevorgaben gehalten. Und für diese Vorgaben ist nicht der Anleger in der Bank verantwortlich, sondern der Chef. Aber ich war das Bauernopfer, von Ihnen und der Chefetage bestimmt und dann abserviert. Nun ist da aber noch die andere pikante Sache. Und die könnte peinlich für Sie werden. Je nach Ermessen des Staatsanwalts sogar zu einem handfesten Skandal für die ganze Bank ausarten. Denn aktive Beratung zur Steuerhinterziehung dürfte nicht nur den Richter interessieren, sondern gewaltige politische Probleme zwischen Deutschland und der Schweiz hervorrufen, mit unabsehbaren Folgen für das Bankgeheimnis und den Finanzplatz Schweiz. Ja, und all die deutschen Steuerflüchtlinge. Wenn die erfahren, dass die Bank ihre Daten so schlecht gesichert hat, dass ein kleiner Bankberater sie an den deutschen Fiskus verkaufen konnte, dann werden sie ihre Milliarden sofort auf die Bahamas verschieben. Das könnte der Bank das Genick brechen. Und das will natürlich niemand. Dafür lohnt es sich schon, ein Auge zuzudrücken." Stocker hatte ins Schwarze getroffen. Die Mine von Schnetzler war wie versteinert. Er ignorierte den Sarkasmus in Stockers Ausführungen und schwieg. Lena schaltet sich ein: „Wir erklären uns im Sinne unserer Mandantin mit dem vorgeschlagenen Kompromiss einverstanden, vorausgesetzt, dass Herr Stocker die Hälfte des Geldes, das sich im Koffer befindet, auf den Tisch legt und seiner Exfrau und seinen Söhnen hinterlässt. Im Übrigen erwarten wir von Herrn Stocker, dass er aus dem Exil regelmäßig Kontakt aufnimmt zu seinen beiden leiblichen Söhnen, falls sie dies auch weiterhin wünschen. Zumindest bis zum heutigen Tag hat einer von beiden ihn ziemlich vermisst." Sie zeigte mit der Hand auf Jan Niklaus. „Ich denke, nur so kann ich auch meinen Kollegen von der Zeitung davon abhalten, über den CD-Deal zu berichten. Herr Niklaus wird jetzt einige Fotos von Ihnen machen, Herr Stocker", sagte Lena. „Danach werden Sie ihm Ihre Version der Geschichte erzählen. Die Zeitung wird also nur über den Teil der Geschichte berichten, den Sie preisgeben möchten."

Stocker wollte zuerst protestieren, aber Denis Tobler legte ihm die Hand auf den Unterarm. „Es ist wohl für alle, vor allem aber für Sie, Herr Stocker, die beste Lösung", sagte er. Auch er hatte ja mit seiner Dienstreise nach Stuttgart nicht nur die 19.000 Euro an Honorar zu verlieren. Wenn Stocker ins Gefängnis wanderte, dann war er mindestens seine Lizenz los.

Stocker kapierte, in welch aussichtsloser Lage er sich befand. Immerhin bot ihm diese Frau Bellmann an, dass er straffrei aus der Sache rauskam. Als Gegenleistung musste er seiner Familie die Hälfte des Geldes abtreten. Für den Start in sein neues Leben würde der Rest aber reichen. Er beschloss, in den sauren Apfel zu beißen und legte den Aktenkoffer auf den Tisch.

Stocker und Tobler zählten die 1.381.000 Euro widerstrebend auf den Tisch und machten daraus zwei Haufen von je 690.500 Euro.

Jan wollte fotografieren, aber Lena hielt ihn davon ab.

„Keine Bilder von dem Geld, Jan."

Jan gab sein Vorhaben auf und meinte etwas enttäuscht. „Schade um das tolle Motiv. So viel Geld auf einem Haufen macht die Leser richtig scharf."

„Dürfen wir Sie bitten, uns einen Aktenkoffer zur Verfügung zu stellen?", wandte sich Lena an Florian

Bamert, der die Frage irgendwie hilflos an seinen Chef Schnetzler weiterleitete: „Haben wir so etwas?“

„Geben Sie einfach Ihren her und setzten Sie ihn auf Spesen“, herrschte dieser Bamert verärgert an. Florian Bamert leerte seinen Koffer und reichte ihn an Lena weiter. Sie lächelte ihn an und zwinkerte fast unmerklich mit dem rechten Auge. „Ich werde dafür sorgen, dass Sie ihn wiederbekommen“, sagte sie, während sie die 690.500 Euro über die Tischkante in den Aktenkoffer schob.

Zürich, Dienstag, 26. Oktober 2010, 17.30 Uhr

Lena und Jan spazierten mit fast 700.000 Euro, also ungefähr einer Million Schweizer Franken, durch Zürich. Jan hatte die Geschichte von Stocker im Originalton auf seinem Smartphone und war happy. Endlich konnte er seinen Chefs und seinen Lesern etwas Sensationelles bieten. Lena hatte mit Jan den Donnerstag als Datum der Veröffentlichung vereinbart. Diesen einen Tag brauchte sie, um mit Frau Stocker abzurechnen und sie auf den medialen Ansturm vorzubereiten.

Jan wollte verständlicherweise sofort in die Redaktion, um mit seiner Schreibarbeit zu beginnen. Lena ließ ihn aber nicht gleich ziehen. Sie drängte ihn, mit ihr in einem Bistro in der Halle des Hauptbahnhofs mit einem Prosecco auf den Erfolg anzustoßen. „Als Paar haben wir zwar versagt, aber als Ermittler sind wir fast unschlagbar", stellte sie fest und prostete ihm zu.

„Ich wünschte mir, es wäre umgekehrt", antwortete Jan.

„Nicht schon wieder die alte Leier", sagte Lena. „Das haben wir doch inzwischen definitiv geklärt."

„Und warum willst du dann deine Affäre mit diesem Bamert geheim halten?", fragte Jan. „Aus welchem Grund soll er nicht wissen, dass ich davon weiß?"

„Jan, erstens ist das keine Affäre, wie du es nennst. Und zweitens hat das doch nichts mit uns zu tun. Er weiß ja nicht einmal, dass du mein Ex bist", antwortete sie. „Ich will ihn doch nur nicht in Schwierigkeiten bringen. Wie sieht das denn für seinen Chef aus, wenn er ausgerechnet mit mir eine Beziehung eingeht?"

„Er weiß nichts von uns?" Jan war erstaunt und verletzt zugleich. „Du hast ihm nichts von uns beiden erzählt?"

„Nein, warum auch? Mich interessiert doch auch nicht, mit wem Florian vor mir befreundet war." Kaum hatte sie das gesagt, wusste sie auch schon, dass das so nicht stimmte. Sie wollte sehr wohl mehr über sein Vorleben erfahren.

„Naja, wie auch immer", sagte Jan. „Du weißt ja, wie du mich erreichen kannst, wenn dich der biedere Bankangestellte langweilen sollte."

Lena fand es nicht lustig. „Ich werde dann auf dich zurückkommen", sagte sie sarkastisch. „Aber ich habe dich eigentlich aus einem anderen Grund hierher geschleppt." Sie öffnete den Aktenkoffer auf ihrem Schoß einen Spalt breit und entnahm ihm ein Bündel von einhundert Hundertern, die sie Jan unter dem Tisch zusteckte. „Ich denke, das wird deine Spesen in etwa decken."

Er war überrascht und meinte: „Das kann ich nicht annehmen. Als Journalist darf ich mich nicht kaufen lassen."

„Ich kaufe dich doch nicht", antwortete sie lachend. „Ganz im Gegenteil. Ich habe dich doch soeben abserviert. Betrachte das Geld als Abgeltung deiner persönlichen Auslagen auf unseren Geschäftsreisen."

„Aber die kriege ich doch von meinem Arbeitgeber erstattet", sagte er.

„Wenn du das Geld partout nicht willst, dann spende es der Caritas oder irgendeiner anderen Hilfsorganisation."

Jan steckte die Scheine ein und schüttelte den Kopf. „Vielleicht behalte ich es doch."

Lena bezahlte. Dann stand sie auf und verabschiedete sich von Jan. Schnellen Schrittes ging sie danach zu dem Bahnsteig, wo auf der Anzeigetafel der Zug nach Biel angekündigt war. Als sie außer Sichtweite der Halle war, kramte sie ihr Mobiltelefon aus der Tasche und rief Ramona Marthaler an.

Die hatte Lenas Anruf bereits erwartet.

„Ich habe mir gedacht, dass Sie mich anrufen werden", sagte sie. „Ich fühle mich richtig mies."

„Und warum fühlen Sie sich schlecht?", fragte Lena.

„Weil ich Sie angelogen hab. Sie waren mir gegenüber sehr einfühlsam. Ich hätte Sie nicht anlügen dürfen."

„Nein", antwortete Lena. „Aber Sie waren gut im Lügen. Ich habe Ihnen alles abgenommen."

„Ich schäme mich", sagte Ramona. „Aber es klingt billig, wenn ich Sie jetzt um Entschuldigung bitte."

„Das brauchen Sie nicht. Ich werde mein Wissen nicht gegen Sie verwenden. Und ich werde auch Ihre Eltern nicht weiter behelligen. Für mich ist die Geschichte abgeschlossen. Was die anderen Beteiligten und die Medien daraus machen werden, das liegt allerdings nicht in meiner Hand. Aber ich denke, dass Sie und Ihre Eltern mit einem blauen Auge davonkommen werden, denn ich kann mir nicht vorstellen, dass es jemanden gibt, der sie anzeigen oder gegen sie aussagen wird."

„Meinen Sie nicht, dass Robert ..."

„Nein, ich habe Robert Stocker gefunden. Es wurde soweit alles gütlich geregelt. Er wird das tun, was er ursprünglich vorhatte: von der Bildfläche verschwinden. Das ist für alle das Beste. Auch die Bank wird nicht nach ihm suchen. Das habe ich aus sicherer Quelle."

„Das wäre eine große Erleichterung für mich", sagte Ramona Marthaler. „Ich habe ehrlich gesagt, immer befürchtet, dass die Sache schlecht ausgeht."

„Sie haben noch einmal Glück gehabt. Ich wollte Ihnen persönlich sagen, dass Ihre Lügen mich schon ein wenig gekränkt haben, aber dass ich Sie als Tochter auch verstehen kann. Ich bin froh, dass wir darüber sprechen konnten und Sie aus erster Hand wissen, wie die Sache jetzt steht."

„Dafür bin ich Ihnen sehr dankbar", sagte Ramona Marthaler.

„Dann wünsche ich Ihnen jetzt alles Gute und gebe Ihnen einen Tipp: Sprechen Sie mit Ihren Eltern die Geschichte ab, die Sie den Medien auftischen werden. Erwähnen Sie auf keinen Fall den Verkauf der Daten-CD. Solange das unter Verschluss bleibt, hat niemand ein Interesse, Staub aufzuwirbeln und auch Ihre Eltern bleiben von der Justiz verschont. Andernfalls aber wird das Bekanntwerden der Steuergeschichte eine Kettenreaktion von Anzeigen und Prozessen vielleicht sogar eine Staatsaffäre auslösen."

„Keine Sorge, wir werden kein Wort drüber verlieren. Meine Eltern haben ja ihr Geld wieder."

„Genau. Ich sehe das auch so. Morgen wird sich der erste Journalist melden, ein gewisser Jan Niklaus. Aber keine Sorge, er ist in Ordnung. Ich bin mit ihm befreundet."

Biel, Mittwoch, 27. Oktober 2010, 08.40 Uhr

Lena hatte Frau Stocker noch am Dienstagabend angerufen und ihr mitgeteilt, dass sie ihren Exmann gefunden hätten und der Fall für sie damit abgeschlossen war. Sie hatte das Geld nicht erwähnt und Frau Stocker zum ausführlichen Bericht für 9 Uhr am Mittwoch in die Agentur bestellt.

Frau Stocker hatte vor Aufregung kaum geschlafen. Sie erschien fast eine halbe Stunde zu früh. „Ich hielt es zu Hause nicht mehr aus. Auch auf die Gefahr hin, dass ich Ihre Nerven strapaziere, ich muss jetzt einfach alles wissen", sagte sie und setzte sich unaufgefordert an den Sitzungstisch. Lena hatte Verständnis und nahm ihr gegenüber Platz. Eleni war schon dabei, Kaffee zu machen und Ariane druckte die Abrechnung aus.

„Meine Mitarbeiterinnen werden auch gleich dazu kommen. Ich habe ihnen nämlich auch noch keinen ausführlichen Bericht abgeliefert", sagte Lena lächelnd. „So viel kann ich allerdings vorwegnehmen: Wie ich Ihnen schon am Telefon gesagt habe, geht es Robert Stocker gut, er ist quicklebendig, auch wenn er schwierige Zeiten hinter sich hat. Ihre Intuition hat Sie also nicht getäuscht. Und was ich in den letzten Tagen erlebt habe, das hört sich an wie ein völlig überzogenes Hirngespinst eines Drehbuchautors für eine billige Fernseh-Soap. Wenn ich es nicht selber erlebt hätte, ich würde es nicht glauben."

Inzwischen hatte Eleni die Kaffeetassen verteilt und Ariane hatte sich mit den Ausdrucken in der Hand zu ihnen gesetzt. Lena begann bei der Erkenntnis, dass Ramona Marthaler die Tochter derjenigen Kunden war, die auf wundersame Weise ihre Verluste wieder wettmachten. Sie erzählte von ihren Ausflügen nach Eningen, wie Robert Stocker ihnen entwischt war und gab die skurrile Geschichte wieder, die ihr die Ehepaare Preuss und Schluchter gestanden hatten. Die Frauen konnten kaum fassen, was sie da zu hören bekamen. Lena berichtete auch davon, wie ihnen Robert Stocker in Zürich in der Bank am Paradeplatz in die Arme gelaufen war und was sie für einen Kompromiss vorgeschlagen hatte. Als die Summe genannt wurde, die Frau Stocker zukommen sollte, schüttelte sie nur den Kopf. Und als dann Lena den Aktenkoffer auf den Tisch legte, die Schlösser aufschnappen ließ und den Deckel aufklappte, fiel Frau Stocker beinahe vom Stuhl. Sie rang nach Atem und fragte: „Wie viel ist das?"

„Das sind, abzüglich unseres Honorars, genau 650.000 Euro, also rund 845.000 Schweizer Franken", antwortete Lena. „Herzlichen Glückwunsch, Frau Stocker."

„Aber das kann ich doch nicht annehmen", stotterte Frau Stocker. „Die Bank wird das Geld doch zurückfordern."

„Nein, das wird sie nicht. Es ist Teil des Abkommens. Das Geld gehört Ihnen. Nehmen Sie es ruhig."

Lena überreichte ihr dreizehn Bündel zu 50.000 Euro. Eleni hatte jedes Bündel mit Geschenkband umwickelt. Frau Stocker schien ganz konfus und wollte die unglaubliche Geschichte ein zweites Mal hören, als hätte sie nicht richtig verstanden. Ariane ließ einen Champagnerkorken knallen und sprach einen Toast auf den Erfolg aus.

Als sich Frau Stocker einigermaßen gefasst hatte, sagte Lena: „Wir erlauben uns, Ihnen unsere Abrechnung zu präsentieren. Wie befürchtet, waren die Ermittlungen aufwändig und teuer. Nach Abzug der Zahlung aus dem Zeitungsverlag bleibt noch eine größere Summe, die Sie aber jetzt ja problemlos begleichen können. Wenn Sie mit der Abrechnung einverstanden sind, dann ist die Sache für Sie erledigt. Wir haben unser Geld bereits in Abzug gebracht.

Lena hatte für ihre Dienstleistungen bereits eine Schlussrechnung zuzüglich aller aufgelaufenen Spesen ausgestellt. Sie hatten ein richtig gutes Geschäft gemacht.

Frau Stocker aber war so glücklich mit dem Ausgang der Geschichte, dass sie der Lenaria GmbH ohne Vorbehalte auch mehr bezahlt hätte.

„Wir haben noch zwei Dinge zu erledigen", sagte Lena. „Sie müssen die Vermisstenanzeige bei der Polizei zurücknehmen. Dann wird Herr Stocker, falls er der Polizei irgendwo auf der Welt in die Arme läuft, nicht behelligt. Wollen wir das gleich erledigen?"

Frau Stocker war einverstanden. Ariane rief die Polizei an und verlangte ihren Mann. Sie erklärte ihm kurz das Nötigste und ließ dann Frau Stocker sprechen, die ihre Vermissten-Anzeige für nichtig erklärte. Martinez war darüber nicht unglücklich, auch wenn er mit seiner Sicht der Dinge falsch gelegen war. Ihm war wichtig, dass die Sache endlich abgeschlossen und archiviert werden konnte.

„Und jetzt zur zweiten Sache“, sagte Lena. „Sie müssen mit Ihren Söhnen absprechen, was Sie der Presse preisgeben. Und bitte denken Sie daran, die Daten-CD auf keinen Fall zu erwähnen. Sonst bleibt der Bank nichts anderes übrig als die Flucht nach vorne zu ergreifen. Dann sind Sie aber nicht nur Ihr Geld los, sondern haben auch einen Prozess am Hals.“

„Ich verstehe“, sagte Frau Stocker. „Ich werde mich an die Vereinbarung halten.“

Mittwoch, 27. Oktober 2010, 21.00 Uhr

Eleni empfing Florian am späteren Abend unten im Office und schickte ihn hinauf in die Wohnung. Dann ging sie und schloss ab. So hatten sie es vereinbart. Lena aber empfing ihren jungen Lover splitternackt mit einem Glas Champagner, umgeben von Kerzen und in Schaum gebettet, in der runden Wanne ihres Badezimmers. Neben der Wanne stand der leere Aktenkoffer.

Als Lena am nächsten Morgen aufwachte, schlüpfte sie aus dem Bett und schaltete als Erstes ihren Computer ein. Florian fragte verschlafen: „Was machst du denn da?“

„Ich starte die Online-Ausgabe von Jans Zeitung“, antwortete sie aufgeregt. „Da ist sie. Wow, es ist drin. Eine Riesenheadline und ein Bild von Robert Stocker gestern in der Bank.“

Sie las laut vor, was Jan geschrieben hatte:

SELBSTMÖRDER AUFERSTANDEN
Zürich: Gestern hat ein Journalist dieser Zeitung nach wochenlangen Recherchen in Zürich den seit 19 Monaten als vermisst gemeldeten und tot geglaubten ehemaligen Banker Robert Stocker gestellt.

Am 22. März 2009 verschwindet Robert Stocker spurlos. Eine Touristin findet am Eingang der Aareschlucht bei Innertkirchen seine ID. Eine Angestellte der Aareschlucht AG liefert sie am selben Tag bei der Polizei ab. Anderntags findet die Polizei auf einem Feldweg in der Nähe der Schlucht Stockers Auto. Auf dem Beifahrersitz liegt ein Abschiedsbrief. Die Polizei geht von Suizid aus, obwohl weder eine Leiche gefunden wird noch sonst Spuren eines Selbstmords gesichert werden können. Nach einem Jahr ohne Lebenszeichen wird die Akte Stocker geschlossen.

Diese Zeitung hat damals ausführlich berichtet. Vor einigen Wochen aber hat sich Stockers Exfrau an unseren Reporter Jan Niklaus gewandt und ihn um Hilfe gebeten. Sie zeigte sich von Anfang an überzeugt „Mein Exmann lebt!" Niemand wollte ihr damals Glauben schenken. Unsere Recherchen haben jetzt jedoch gezeigt, dass Frau Stocker recht hatte. Gestern haben wir Robert Stocker in Zürich in der Bank, in der er früher gearbeitet und Millionen von Kundengeldern verzockt hatte, gestellt. Er hat uns im anschließenden Interview eine unglaubliche Geschichte erzählt, die unsere Zeitung in der Zwischenzeit überprüft und für glaubwürdig befunden hat:

Jan Niklaus: „Herr Stocker, Sie leben? Die ganze Schweiz hielt Sie für tot. Sind Sie auferstanden?"
Robert Stocker: „In einem gewissen Sinn kann man das so sagen, ja."
JN: „Was ist am 22. März 2009 geschehen?"

RS: „Ich wollte einen Selbstmord vortäuschen. Aber dann bin ich entführt worden."
JN: „Wie bitte? Und das sollen unsere Leserinnen und Leser glauben?"
RS: „Ob sie es glauben oder nicht, es ist die Wahrheit. Ich wurde am 22. März 2009 in Innertkirchen von zwei Rentnern entführt und nach Deutschland gebracht."
JN: „Und wie haben die Rentner es geschafft, einen Mann wie Sie zu überwältigen?"
RS: „Sie haben mich mit einem Elektroschocker niedergestreckt und mich danach in ihr Auto verfrachtet. Dann haben sie mir offenbar mit Spritzen eine Narkose verpasst. Ich bin jedenfalls erst in einem Kellerraum aufgewacht."
JN: „Man hat Sie in einem Keller gefangen gehalten? Warum?"
RS: Die Rentner waren Kunden von unserer Abteilung. Ich habe mit meinen Anlagen bei der Lehman Brothers Bank einen großen Teil ihrer Ersparnisse verloren. Dafür wollten Sie sich rächen."
JN: „Sie haben die beiden Männer also gekannt?"
RS: „Ja, der eine war der Vater meiner Freundin."
JN: „Was wollten die denn von Ihnen?"
RS: „Sie hatten alles gut vorbereitet. Der Kellerraum war zu einer Gefängniszelle umgebaut, hatte Dusche, Toilette und Frischluftzufuhr. Das Essen wurde durch eine Art Schleuse in den Raum gereicht. Ich musste anhand der Informationen auf zwei Bildschirmen über eine Gegensprechanlage Anweisun-

gen für Börsentransaktionen geben, die scheinbar irgendwo ausgeführt wurden."

JN: „Sie mussten die Verluste der Leute wieder ausgleichen?"

RS: „Ja, und es ist mir gelungen."

JN: „Wie kommen Sie zu diesem Schluss?"

RS: „Man hat mich über den Vermögenszuwachs informiert."

JN: „Wie ging es Ihnen in diesem Keller? Hatten Sie nie Angst, man könnte Ihnen etwas antun?"

RS: „Doch, ich hatte Angst, dass die mich umbringen, wenn mir ein Fehler unterläuft oder wenn die mich nicht mehr brauchen."

JN: „Hat man Sie schlecht behandelt?"

RS: „Nein, die Frau hat ausgezeichnet gekocht und mir wurden auch die Kleider gewaschen. Ich kann mich nicht beklagen. Einzig das Eingesperrtsein, das Neonlicht und die Ungewissheit haben mir zu schaffen gemacht."

JN: „Hat Ihre Freundin denn von der Entführung gewusst?"

RS: „Davon gehe ich aus. Sie hat mich einige Wo - chen vor der Entführung nach einem Gespräch mit den beiden Rentnerpaaren aus der Wohnung geschmissen."

JN: „War Ihnen bekannt, dass Sie in Deutschland gefangen gehalten wurden?"

RS: „Ich habe es vermutet. Sicher war ich mir erst, als ich wieder draußen stand."

JN: „Und wie sind Sie frei gekommen?"

RS: „Nachdem Sie mit Ihrer Kollegin bei den Leuten aufgetaucht sind, kriegten sie Panik und ließen mich frei."

JN: „Wir sind Ihnen nach Zürich gefolgt. Was haben Sie in der Bank am Paradeplatz gemacht?"

RS: „Herr Tobler ist ein Freund von mir. Er leiht mir ein bisschen Geld für die erste Zeit."

JN: „Herr Tobler ist doch Notar?"

RS: „Na und? Kann man nicht mit Notaren befreundet sein?"

JN: „Was haben Sie denn jetzt vor?"

RS: „Ich suche mir eine Bleibe und einen Job."

JN: „Aber Sie wollten doch am 22. März 2009 nach eigenen Worten einen Selbstmord vortäuschen. War es denn nicht eher Ihre Absicht, unterzutauchen und ein neues Leben zu beginnen?"

JN: „Ja, das war es. Aber wie Sie jetzt wissen, hat das nicht geklappt."

JN: „Werden Sie jetzt mit Ihrer Exfrau, die sich große Sorgen gemacht hat und uns zu diesen Recherchen ermuntert hat, Kontakt aufnehmen?"

RS: „Nein."

JN: „Warum nicht? Sie hat Ihnen vielleicht das Leben gerettet."

RS: „Sie hat mich verlassen und mir mein gewohntes Leben genommen."

JN: „Das war vorher."

RS: „Ihre Zeitung wird definitiv nicht von der Versöhnung und vom großen Happy End berichten können."

JN: „Werden Sie mit Ihren Söhnen Kontakt aufnehmen?“

RS: „Ja, das werde ich. Ich muss Ihnen einiges erklären.“

JN: „Werden Sie die beiden Rentnerehepaare anzeigen?“

RS: „Nein, ich kann sie verstehen. Es war ja alles meine Schuld. Und sie haben mich anständig behandelt. Ich will nicht, dass sie ihren Lebensabend im Gefängnis verbringen müssen.“

Das war ein eindrücklicher letzter Satz, den Jan am Schluss so hatte stehen lassen. Das großzügige Opfer, das seinen Entführern verzeiht. Lena lächelte. Typisch Jan, er verstand sein Handwerk. Florian war inzwischen auch aufgestanden und massierte ihr den Nacken.

„Was glaubst du, was macht Stocker jetzt?“, fragte Lena. „Wird er tatsächlich abtauchen?“

„Da bin ich mir ziemlich sicher“, antwortete Florian. „Preuss und Schluchter hatten doch beobachtet, wie er vor der Entführung Gepäckstücke weggebracht hatte. Die werden irgendwo auf ihn warten.“

„Dann kann sein Versteck aber nicht allzu weit sein. Er war ja bereits am anderen Tag wieder zurück“, meinte Lena.

„Du wirst es bestimmt herausfinden, wenn das jemand wissen will“, antwortete Florian. Lena stand auf und drehte sich zu Florian um.

„Musst du eigentlich nicht zur Arbeit?“, fragte sie. „Es ist bald halb neun.“

„Nein, die wollen mich heute nicht sehen“, antwortete Florian. „Ich habe mich für ein verlängertes Wochenende abgemeldet.“

„Dann lass uns ein bisschen abtauchen“, sagte Lena und glitt mit der Hand dorthin, wo jeder Mann es mag.

2. Dezember 2010

Jan Niklaus presste den Fall Stocker bis zum letzten Tropfen aus. Tagelang war er mit seinen Geschichten auf der Frontseite der Zeitung präsent.

29. Oktober: Robert Stocker: Jetzt spricht die Exfrau!
30. Oktober: Stocker: Seine Söhne verzeihen ihm!
31. Oktober: Das sind die Kidnapper!
1. November: Tochter der Kidnapper war Stockers Freundin!
2. November: Kidnapper-Oma hat gekocht und gewaschen!
3. November: Jetzt reden die Kidnapper!
4. November: Bank: Stocker hat Millionen verzockt!
5. November: Stocker erneut untergetaucht!
6. November: Stocker in Thailand?
7. November: Stocker in Brasilien?
8. November: Ist Stocker tot?

Aber Jan hielt sich an sein Versprechen. Die Daten-CD wurde mit keinem Wort erwähnt.

Der Bericht über Stockers Entführung durch die geprellten deutschen Rentner in der Boulevardzeitung fand europaweite Beachtung. Alle Medien nahmen sich der Geschichte an, lagen aber immer einen Schritt hinter Jans Erkenntnissen zurück. Die Zeitung machte ein gutes Geschäft mit gesteigerten Auflagen und Lizenzvergaben.

Die Rentner in Eningen waren rasch ermittelt und

vorübergehend verhaftet worden. Da es aber keine Anzeige des Opfers gab und Robert Stocker unauffindbar war, mussten sie nach 24 Stunden frei gelassen werden und wurden zu den medialen Robin Hoods der geprellten Rentnerszene.

Die Bank ihrerseits verzichtete auf eine Strafanzeige gegen Robert Stocker, da die Zeitung mit keinem Wort den Datenklau erwähnt hatte. Sie wollte den Imageverlust in der Öffentlichkeit nicht noch größer machen und ließ die Sache mit einer internen Untersuchung auf sich beruhen. Zu den Verlusten mit den Anlagen ließ sie lapidar verlauten, die Spekulationen seien im Rahmen der üblichen Risiken geschehen.

Stockers Arbeitskollege Florian Bamert wurde als Gegenleistung für eine Stillschweigevereinbarung eine Beförderung um zwei Stufen in Aussicht gestellt.

Stocker selber nahm sich eine kleine Wohnung irgendwo in Frankreich. Zu seinen Söhnen pflegte er sporadisch Kontakt. Frau Stocker hörte nie etwas von ihm, war jedoch mehr als zufrieden mit der Entschädigung und der Gewissheit, dass ihr Ex am Leben war.

Die beiden Finanzbeamten in Stuttgart schließlich wunderten sich, wie diszipliniert Schweizer Zeitungen waren. Eine solche Zurückhaltung wäre in Deutschland undenkbar gewesen.